遙かなる光郷へノ黙示

菊井崇史

書肆 子午線

目次

遙かなる光郷へノ黙示

非祈

祈りが、呼吸に、軋んだ
「生きていることは過失ではない」と吐かれた聲の鎮まることなき遺響に、命ある空が蒼く膿んでゆく
悲しくふるえる手のなかできみと出遭ったことを覚えている
夏の背骨から生えはじめた血語の羽根を捥いだ瞬息、日が射し、裂き、射し、今此処に氾濫する光は狂う脈を穿った
刻現される白き心臓をえぐりつかみ、絶空を突破しろ
巡らない季節、悲空、封夏封冬をすぎ、祈る手、祈るしかなくとじられゆく掌へと尽処に散り舞う光は収斂し
ゆびとゆびの透きからあふれる痛苦に
「ありがとう、…、ごめんね」と耐えきれずほどけるゆびから壊れ、潰れ、つぎつぎとかたちを失うものの核をつらぬく
剝き出しの骨は、日輪よりも眩しい
白む瞳に宿る破綻への希求に短い永遠を棄てた死ねない命と、刹那を下降する未明に棄てた生きない命は
同位の重さで照らされていた
その輝きが祈りの蒼穹だ、言葉の犠牲だと、明日の犠牲は此処にはなく、祈りが犠牲をのぞむなら
おれはおまえのためにさえ祈りはしない
壊れる掌にきみの掌を重ねたきみを護れず、救われないきみを救うきみは、ただ此処に在るだけでいい
「ふるえるよ、なあ、おまえ」
「ふるえるよ、ふるえるよ、なあ、おまえ、ふるえているよ、なあ、おまえ、なあ、なあ」
「ふるえているよ、おまえ」
軋む悲空から降り、流れるもの尽くに赦されず膿んだ夏、光らない光が降りつづいているから
護らねばならない雪原はそのために汚れ

おまえはその汚れた雪のために、響かない鎮魂歌を生きて美しくもなり、おれはその美しさを嫌う
祈りは軋み、祈る祈りは軋み、祈りは砕け
わたしとあなたの死後を、ただつよく生きたいと願い、わたしとあなたの生が死後の重さに届くまで
あの悲空のしたで、屑と等価の翼もふるえている
封夏に打ちあがるおまえの骨の花火は、生前や死後に繋がる呼空へつぎつぎと光に拒絶された光を咲かせ
おれたちの残想に破戒の真因をうつす
捥がれた羽根が舞い、ひとつの喪失に棄てた祈りの聲に分離し、血の乾いた幼い季節と繋がる言葉を口にして悲しむことや
あなたの言葉をつかい、はかなき愛をつたえることは赦されない
痙攣したきみが封冬の川にもたれかかり、やさしげにひらいた口のさき、現われない夏の吐瀉に見えた蠢きは脈うつ雪の律動だった
光に拒絶された光がおれたちに射す慈悲の光ともなる
未明、未然、未生を燃やした炎が連理の涯に近づいた川を赫く染めることだけで終わりの冬は幾度も来る
雪の白さを信じないきみを、今でも信じている
言葉が尽きて託した戒律は、呼吸に、血まみれだ、言葉は劫末より以前、命の重みが刻み穿つ慈悲の現れだ
慈しみと悲しみの隔絶を生き継ぐしかできないおれたちは
撃たれた夏の漆黒の瞳、冬に海を染め浮かぶ暁日、非祈に重なる掌、はじまらず終わらない命の裂傷とむきあう切実の極へ

絶空を突破しろ
絶息を突破しろ
絶言を突破しろ

おれたちの光は隔絶を生きるしか救われはしない
おれたちの命は言葉を生きるしか救われはしない
おれたちの言葉は命を生きるしか救われはしない

融祝、救いなく蒼い空から呼破

蒼く慈悲なき空に、夏骨を見るたびにおもいだせ、…、やさしき死ノ群ノ命脈を
蒼く慈悲なき空に、夏骨を見るたびにおもいだせ、…、やさしき死ノ群ノ命脈を
　　　　　　　　　　発生即終熄、発生即終熄、発生即終熄

断ち切られた、断ち切られた、断ち切りの、ゆび、…、ふれる、
夏は、ふたたび償うことのできない冬の廃棄だった、
　　七月初旬の夏祓、
　「あの川すじの閾」
芒種の瀧あらわれず、昇りの螺旋に沈みゆき、
　　　　　　月膚に千々ノ草花、むさぼる観音の瞳
　　　　　　月膚に千々ノ草花、むさぼる観音の瞳
　　　　　　　東京半壊域を見おろし、失意よりもなお、やさしみノ断罪を浮かべる義眼
　　　　　　　瞳にうつる悲しみより、瞳にはうつらぬ罪を、憎しみで縛り、
　　　　　　　天ノ人ノ瞳ノ聲が繋げるものは、見える彼岸と見えない此岸、
　　　　　　　ただ、失われゆくものばかり
芒種の瀧あらわれず、下降の螺旋を昇りゆき、
　　　　　　月膚に千々ノ草花、むさぼる観音の瞳
　　　　　　月膚に千々ノ草花、むさぼる観音の瞳
　　　　　　　死群を見詰める義眼ノ軋みノ彼此ノ海で、

天ノ人ノ瞳ノ聲が繋げるものは、見える彼岸と見えない此岸、
悔い悲しみが膨らみかけては砕け、…、「あの川は禊川だった」
避暑、…、異子の手と、
悔い悲しみが膨らみかけては砕け、…、「あの川は禊川だった」
避暑、…、異子の手と、
禊川、…、大阪の死、死の大阪、…、大阪の黄泉で残想を掻きあつめ、
命の去翔した殼を砕くゆび、

「ここで何が起きたのかを」
黒空蝉を木下闇で砕く響きが甦りの大阪に轟く日々を、川の水もの軋みに埋めた
黒空蝉を木下闇で砕く響きが甦りの大阪に轟く日々を、川の水もの軋みに埋めた
「ここで何が起きたのかを」
穢れもろとも祈祝ノ償い、ゆびの糸織で連ね、非夏ノ不浄を彼ノ瞳が見定ノ異地へ
穢れもろとも祈祝ノ償い、ゆびの糸織で連ね、非夏ノ不浄を彼ノ瞳が見定ノ異地へ
「ここで何が起きたのかを」

名を呼ぶきみがいるならば、わたしは、こたえたい、…、きみの名や、きみの名に似たものの名を、非言の名に収斂し、…、刻まれた名の幾多に血を流し、わたしはこたえ、名をもたぬまま、わたしたちに届いた、そして隔絶された慈悲に、わたしの幾つかの名を、きみの幾つかの名を殺そうと約束し、それでも未だ尽きぬ名を、いつの日にかは愛し、隔絶された慈悲に、襲ても、襲ても、こたえるべきものは、その聲をきかせることはないが、呼醒めるまで、骨核に、冬の枯種ヲ埋め、…、
呼醒めるまで、骨核に、冬の枯種ヲ埋め、…、
きみの名を、赫く蠢く言葉に侵されたわたしの手で、護ることができるあいだは、…、きみはひとりではないよ、わたしたちはふたりではないよ、きみの名を、赫く蠢く言葉に侵されたわたしの手で、護ることができるあいだは、未だ尽きぬ名を、失くすことのできなかった名を、…、名を呼ぶきみがいるならば、わたしは、こたえたい、…、

月膚に千々ノ草花、むさぼる観音の瞳
月膚に千々ノ草花、むさぼる観音の瞳

蝉を追う子、…、二〇一一年七月三十一日、ふたつの飛駆、…、ひとつは蝉ノ死飛を真似、ひとつは蝉ノ死飛を仰ぎ、…、たかく、たかく、たかく、
なお、たかく、臨界ノ夏、原白にあり、…、ひとつ、ひとつ、そして、ふたつは瓦解し、幼い腕で、樹を抱き、花の死を忘れ、幼い腕を
ほどき、仰ぐ空から降る乾いた砂と剝片ノ棘を浴びるだけ浴び、瓦解したひとつ、ひとつ、そして、ふたつは、ふたたび飛駆を地に降ろす。
死飛ノ乱舞を、境界を無化する繊維のゆびでなぞる観音菩薩、その瞳にうつる子の、ひとつ、ひとつ、そして、ふたつは、たかく、たかく、
なお、たかく、刻の届かぬ洞を、涎のあふれる歯でつかみ、…、ひとつ、ひとつ、そして、ふたつに、繊維のゆびと、繊維の慈悲から降るは、
異郷の父の泪、…、償いを隔絶する融祝に舞う雪と、異郷ノ父ノ瞳から滴る雪代、…、それを拭う、ひとつ、ひとつ、そして、ふたつの、
観音菩薩ノ繊維のゆび、…、死飛ノ乱舞を、死飛ノ乱舞を、…、

蒼く慈悲なき空に、夏骨を見るたびにおもいだせ、…、やさしき死ノ群ノ命脈を
蒼く慈悲なき空に、夏骨を見るたびにおもいだせ、…、やさしき死ノ群ノ命脈を

禊川の河原で、水底に揺らめく珠々をひろい

穢れもろとも祈祝ノ償い、ゆびの糸織で連ね、非夏ノ不浄を彼ノ瞳が見定ノ異地へ
穢れもろとも祈祝ノ償い、ゆびの糸織で連ね、非夏ノ不浄を彼ノ瞳が見定ノ異地へ

禊川の河原で、水底に揺らめく珠々をひろい、落とし
水ノ輪、…、川ノ輪、禊川の氾濫、…、黄泉の大阪に残想で侵し、

大阪もろとも東京を天空領域、原白の地へ
「きみは、此処に、いない」
大阪もろとも東京を天空領域、原白の地へ
「きみは、此処に、いない」

人なく水が飛沫のは、　いないきみが、　いない夏を生きる痕ノ水、　…、
ひとつの生が死を想い、　死が死を想い、　死の死が死を想い、　死の死の
死が、　死を想い、　死の底の死が生を想い、　生の死が、　生を想う、　…、
被葬者、　禊川流域、　命脈流域、　冬ノ戒律と夏ノ破戒による自己規定
　　月膚に千切ノ供花、　むさぼる観音の瞳
　月膚に千切ノ供花、　むさぼる観音の瞳

此処にはいないきみの花火のゆびの光らない光や、　花火のゆびとゆびの蒼穹、　咲かない花火の光
花火を見ないきみの光らない花火のゆびのゆびや、　花火のゆびとゆびの封冬、　咲かない花火の光

「ここで何が起きたのかを」
黒空蝉を木下闇で砕く響きが甦りの大阪に轟く日々を、　川の水もの軋みに埋めた
黒空蝉を木下闇で砕く響きが甦りの大阪に轟く日々を、　川の水もの軋みに埋めた
黒空蝉を木下闇で砕く響きが甦りの東京に轟く日々を、　川の水もの軋みに埋めた
「ここで何が起きたのかを」
　　発生即終熄、　発生即終熄、　発生即終熄

尽くを光に埋める、　尽くを光に埋める、　尽くを光に埋めるまで、
蒼く慈悲なき空に、　骨雪ノ乱舞を見るたびにおもいだせ、　…、　やさしき死ノ群ノ命脈を
蒼く慈悲なき空に、　骨雪ノ乱舞を見るたびにおもいだせ、　…、　やさしき死ノ群ノ命脈を
尽くを光に埋める、　尽くを光に埋める、　尽くを光に埋めるまで、
　　光があなたで、　埋まるまで、　…、

冬覚なき命脈、護られない此の地庭をただ、舞う

生きていることは、過失ではない
生きていることは、過失ではなく
破れた瞳ノ骨をフルワセ臨んだ静謐のなか、ただ贖罪ノ心庭を護ることもない
破れた瞳ノ骨をフルワセ臨んだ静謐のなか、ただ贖罪ノ心庭を護ることもない
ただ、護ることもない
護ることもないだろう

氾濫する、氾濫する、氾濫する
終末なき淵土、…、焉土、…、焔土、…、蜒途
見なければならなかった。ふれなければならなかった。潰さなければならなかった。争うことは、何かを手にするためではなく、何かを失うためだとわたしは信じていたのだろう。失うための行為の涯、手にしてしまったもののためにわたしは潰してはならぬものを潰した。だから、それを見なければならなかった。それは、終わりを願う戦ノ布告だった。
「きみが海を臨み、意味ヲ裂ク瞳は、言語形骸に擬瞳ヲ裂カレテイル」
神ナキ歴史の断層に埋もれた神ナキ弔いの花
ふたりの罪は、救済をさえ求めないわたしの行為を憎む
「何も克服できてはいない、…、何ひとつ」
瞳ガ、裂ケ、斑雪、…、夏蝶、夏骨、夏蝶、すべてがやさしく、痙攣して、離別して
崩覚、…、終末なき淵土、…、焉土、…、焔土、…、蜒道
護られることもない破れた瞳ノ骨を、涸らせ、静謐を希んだ日々は燃えた
護られることもない破れた瞳ノ骨を、涸らせ、静謐を希んだ日々は燃えた

忌避に先立つ逡巡、忌避の後の悔恨
冬尽く——、
とどめようがなかった、とどめることができなかった、とどめようがなかった。繋ぎようがなかった、繋ぎとめることができず、それでも、
失うこともできなかった。忘却が忌々しく、忌々しさが忘却となり、忘却が忌々しく、
終末なき淵土、…、焉土、…、焔土、…、蜒道
斑雪、…、夏蝶、夏骨、夏蝶、すべてが優しく、痙攣して、離別して
失覚、…、冬芽、鱗片に覆われた地平がふるえている

庭の夏、ふたりの子は時折、ガラス扉に水を飛沫かせ、ガラスにやわらかな貌を押しやり「裸になれば此処に来ていいよ」とわたしを誘った。水の溜まりは、日をいっぱいに浴びて夏を膨らまし、ふたりの子は庭の光とたわむれた。わたしはそこへはいけない。
庭の冬、ふたりの子は時折、ガラス扉に雪をこすりつけ、赫く火照った頬を、ガラスに押しやり、雪のかたまりを掌で押しかため「一緒に雪ダルマをつくろう」とわたしに呼びかけた。わたしは、庭の夏をおもいだし、夏の罪をおもいだし、そこへはいけない。

　この封印は、人間によるものではない
　きみは、今、何と戦おうとしているんだ
　きみは、今、何と戦い、何を失いたいのだ
　何故、命が命に見棄てられるのだ
　この封印は、人間によるものではない
　わたしはそこへはゆけない
　地上の徴は、此処が終わりの地だと叫んで光る
　美しい光は、不安ばかりを呼ぶ
　美しい光は、地上のいずれかの目標にむかい、投下される
　きみは、最後の安堵だとわたしにほほえみながら、翠空を見あげた

美しい光は、不安ばかりを呼ぶ
「愛しているから、…、多くのことを忘れたよ」
この封印は、人間によるものではない
光が降る、光が降る、光が喰う、光がわらう、光が降る
「わたしは、わたしでいることが、嫌で嫌で、とっても悲しい」
美しい光は、不安ばかりを呼んで
わたしはわたしの言葉を憎み、きみの言葉を信じていた
信じていた

二〇一一年六月十四日

幾分前からつよまりをました雨に、浮かんでは消え、消えては浮かぶ水紋が、闇のなかでも見える。無数の、幾多の水紋、それが消えるたびに、微かに吸い込まれゆくもの、水の輪がひろがるたびに、微かに吐き出されるもの、…、ベランダから見えるきみはキッチンで、夕食をつくっていた。

同年同月二十一日、姿なき鳥の羽撃きのみが、朧んだ轟音に重なり、きみのほほえみはもう此処にはない。

受汰受汰ダ、不蛇不蛇ダ、ダ、…、呪多呪多ダ
「何故わたしを生かしめる、…、無力な言葉を悲しむならば、きみの命脈を護り、おまえは壊れればよかった」
「何故わたしを生かしめる、…、無力な言葉を悲しむならば、きみの命脈を護り、おまえは壊れればよかった」

理性の破壊の痛苦を覚えていなかった。きみの剝片が、蒼穹の惨劇をやさしく描写する。おれたちは苛立つ。

吸い込まれゆくもの、吐き出されるもの、…
　きみの剝片が、蒼穹の惨劇をやさしく描写する。おれたちは苛立つ。
吸い込まれゆくさき、吐き出されゆくさき、…
それは、終末なき淵土、…、焉土、…、焔土、…、蜒途、…、縁呶
護られることもない破れた瞳ノ骨を、涸らせ、ただ静謐にふれたかった

護られることもない破れた瞳ノ骨を、涸らせ、ただ静謐にふれたかった
破れた瞳ノ骨をフルワセ臨んだ静謐のなか、ただ贖罪ノ心庭を護ることもない
破れた瞳ノ骨をフルワセ臨んだ静謐のなか、ただ贖罪ノ心庭を護ることもない

すきな言葉は何ですか。すきな鳥はありますか。故郷には、何がありますか。父や母に、花を捧げたことはありますか。やすらげる時刻はありますか。冬の匂いを、夏に想うことはありますか。はじめて海を見たのはいつですか。すきな色は何ですか。音楽は嫌いですか。明日、ゆきたい場処はありますか。明後日、ゆきたい場処はありますか。いつか、ゆきたい場処はありますか。あなたのすきな場処へ、いきたい。

海、空、花

一瞬の封印がほどけ
踏み乱された雪原と、冬の風に靡く髪
「…、海、空、花、…、わたしのすきなひと」
きみが残してくれた言葉、告剥
エンドの淵を這い翔ける
護られることのなかった命脈

何故なら言葉は、深淵へ届くものであり、深淵から届くものだからだ

何故ナラ言葉ハ、深淵へ届クモノデアリ、深淵カラ届クモノダカラダ
届かない祈りが、届かない地宙で滅し、祈りは幾多の聲に飛散した
あなたの祈りは祈りではないと言う花の使者、
あなたの祈りは祈りではないと言うわたし、
耳を澄まし、瞳を澄まし、地よ吐け、空よ吐け、水よ吐け、故郷よ吐け、大阪よ吐け、東京よ吐け、
　　濁るもの、澄みわたるものよ吐け、
愛を殺した言葉は、骨が黄色く冷たい
愛を殺した言葉は、骨が黄色く冷たい

「赫い、…、ですね」「赫い、…」「街ノ光で、夜空が赫く見える」五月、東京タワーの見えるあたりをあるき、共にゆく人と汎異空を言葉にした。悲しみは何処にもなく、不安だけが空の色と響きあった。似たような空を見た夜があった。拝島、夕刻過ぎ、轟音をともないながら、明滅する光があらわれ、軍用機が、天いちめんの昏朱雲に昇って消えた。昇って消えた。天は分裂するから、きみは此処で息ができない。
天を舞う、塵芥、…、飛機、
慈悲の心とは何か、夕刻の飛機は、何も奪うことなく、死者、負傷者、不明、不明、
不明におかされたおまえの口ばしる「…、骨が黄色く、…」
慈悲の心とは何か、彼らは無傷ノ歌を見境なく散布し、それを浴びたおまえの
　　慈悲の心とは何か、
　　慈悲の心とは何か、
　　慈悲の心とは何か、

慈悲の心とは何か、

アレモヒトノコ、アレモヒトノコ、
此処では人が人でなくなろうとする、…、
何故ナラ言葉ハ、深淵へ届クモノデアリ、深淵カラ届クモノダカラダ
何故ナラ言葉ハ、深淵へ届クモノデアリ、深淵カラ届クモノダカラダ

骨の海、名づけられる以前の領域で、海を見つけた
呼醒ましたい、…、信じていました、信じていました、信じたいのですと聲の鳴る潮騒、
名づけられたものはつぎつぎと息絶え、わたしはそれを見ない、…、かさなるつみ
黙殺という誓いのもとで、彼は別名を帯び、群をなし、言語枢軸をつかむ、爪、メツメ
名づけられたものはつぎつぎと息絶える
骨と花ノ結合、海ノ解体、氾濫する命への近似が赦す非在の蠢き、残余の滴り
骨と花ノ結合、海ノ解体、氾濫する命への近似が赦す非在の蠢き、残余の滴り

砂が降りしきる、砂が降りしきる
砂群をかため、砂群をかため、歌は終わらないのか、歌は終わらないのか
地にうつり込む天ノ域、…、天にうつり込む地ノ域、
あたたかな風の吹く此処までは、今はなき田園、…、此処からさきは荒廃した裏日本ノ都
半夏生、…、雛菊、…、枇杷、忘草、綾羅、…、細螺、…、如月、神、神
名にふさわしい、名にふさわしい草花、…、
おおきく沸騰した水のような樹木群を見るわたしの横貌の瞳に、檸檬の匂い、…、きみは口をつぐみつづけた
何故ナラ言葉ハ、深淵へ届クモノデアリ、深淵カラ届クモノダカラダ
何故ナラ言葉ハ、深淵へ届クモノデアリ、深淵カラ届クモノダカラダ

彼此ノ淵、…、
また歌だ、歌がきこえる、…、歌の聲に導かれ、わたしは、わたしと交叉する
故郷、安威川を挟む堤防を駆け、川辺から、夏、夜虫の啼きが、響く
慈悲の心とは何か、
慈悲の心とは何か、
歌が母と故郷に分離されるということは、すでにはじまっている天の分裂を示している
あの地で、あの人が、幾度も故郷を追われ、人を殺めるまでのすべては
何も救わない神の降誕をなぞらえられた神話だったから、苦い血の香がした
神々の戦争に、神々は無傷で、ただ言語の流れる川に光らない光を流し、犠牲のひとつと告げた
犠牲者の憎しみに同意する人々は人格を蝕まれ、神のいない、神の戦地へ隔離されつづけた
慈悲のかけらもない光景の開示は人格のない人のひとりひとりの死と同時刻になされる
それを見たものの多くは子だった
彼らは耳を塞ぎ、唇を地に這わせ、ゆっくりと、ゆっくりと、母を呼ぶ、父を呼ぶ
水に神木ノ棒を刺し、水に神木ノ棒を刺し、刺し、刺され、
日蝕から月蝕までを生きて、水にもどった人々の故郷
そこは混沌の地だったから、わたしはわたしやあなたが何をしたのかを覚えていない、
そこは混沌の地だったから、残された犠牲をだけ覚えている
不明におかされたおまえの口ばしる「…、骨が黄色く、…」
わたしたちは忘却という罪を問われるべきだ、言葉に罪を問われるべきだった
慈悲の心とは何か、
社ノ鳥居ノ奥にゆくもの、社ノ鳥居ノ奥にひそむ瞳

子の列が、子の列が、光をとおさない紙に記された啓示を囁く
「幾年したら、呼びもどしてやるよ、…、忘れることがあったなら、呼びもどしてやるよ」
そしてまた砂が降る、砂群が奔る
「此処よりましな処やったら、あの人に東京呼んでもらうことなってるんやよ」
「ようきたなあ、よう帰ってきたなあ、…、天キがおかしくなりそうやよ」
砂群が奔り、誰か歌を封殺してくれ

無念だったろうと、何故わたしは、言葉の無念を知るのか、
タイロヲタタレ生キル人ガ吐キ出サレタ、

何故ナラ言葉ハ、深淵へ届クモノデアリ、深淵カラ届クモノダカラダ
何故ナラ言葉ハ、深淵へ届クモノデアリ、深淵カラ届クモノダカラダ
何故ナラ言葉ハ、深淵へ届クモノデアリ、深淵カラ届クモノダカラダ

折れた首、手に逆吊られ、地がこぼれる、また砂が降り
血を吐く、死を吐く、歌を吐く、…、順にその刻をまつ鳥ノ首、また砂が降り、涌キアフレ、舞う、羽、
骨と花ノ結合、海ノ解体、氾濫する命への近似が赦す非在の蠢き、残余の滴り
骨と花ノ結合、海ノ解体、氾濫する命への近似が赦す非在の蠢き、残余の滴り

花が心臓をあおった、心臓をあおられた蒼穹
「あんたのこと、…、赦さんからね」
「そやのに、はなれられへん、すきで、すきかもようわからへん、醜いわあ」
花が心臓をあおった、心臓をあおられた

「たくさん酷いこと、言うてしもた、…、たくさん酷いこと、おまえにしてしもた、そやけど、…」
言葉ガ心臓、流出スル、流出スル、流出スル
何故ナラ言葉ハ、深淵ヘ届クモノデアリ、深淵カラ届クモノダカラダ

ぼくは、きみを、愛することができない。理由は、きみがきみでないから。

きみは、ぼくを、愛することができない。理由は、ぼくはぼくでないから。

狂った約束が、東京の言語を虚しさにかえる。灰になり、灰になり、灰になって、連理が翼に嘔吐され、またひとつ、またひとつと、きみを愛することのできない理由がこぼれ落ちてくる。きみはきみでいることができない。

ぼくは、きみを、愛することができない。理由は、ぼくがぼくのままでいることができないから。

きみは、ぼくを、愛する。ぼくは、きみを、愛する。約束のことを忘れてはいない。約束の場処をわすれてはいない。約束の日を、忘れてはいない。ただそれだけが叶わない約束ばかりが永遠だ。はかない永遠ばかりが殲滅だ。

東京がひとつ、東京がふたつ、東京が三つ、空域が重なって、重なる空の永遠が殲滅だ。

東京がひとつ、東京が四つ、東京が九つ、重なった空域が燃え、故郷を殲滅の母胎にかえる。

大阪が、またひとつ、大阪がまたひとつ、大阪が八つ、重なる空に裂けたゆびで、幾つかぞえたって、理由は理由であることはできない。

ぼくはきみを彼処で、きみはぼくを此処で、憎むことしかできなかった、…、ほんとうにそうなのか。ほんとうに、半壊の故郷で、ふたりは死んでいないのか。

「戦闘機だ、また、戦闘機だ」と、拝島の夕刻は二月から失せることはない。きみは何を殺して、今、此処で、ぼくたちの空を、飛翔している。

ぼくがきみを見わける半壊の理由は、きみがぼくの蒼古型に登録された前世への誓いだから。

きみがぼくを見わける半壊の理由は、赫い言語がぼくの血液を逆流し、赫いままで蒼穹を宿し、膨張するからだ。血液は透明になるまで、川になる。川は、血液になるまで分岐する。ぼくときみは裂けて、…、理由は理由であることができない。

きみはぼくを愛していた、愛していたことを忘れて、また、きみを愛することができないでいる。

ぼくは、きみを、愛することができない。理由は、きみがきみでないから。

きみは、ぼくを、愛することができない。理由は、ぼくはぼくでないから。

現在のただなかで尽くの過去を廃棄したときにだけ、幾つもの未来が破裂し光に転化しない記憶は甦るだろう。二〇一一年二月十四日ノ雪ハ、…、二〇一一年二月十五日ノ雪ハ、キミガ登録サレテイタ。雪が眩しくて、見慣れた街のなか、何処にいるのかがわからない。

瞼をひらくたび瞳が破れた。

瞼をひらくたび瞳が破れた。

瞼をひらくたび瞳が破れた。

降って、降って、降って、狂って、それでも護りたい護りたいと囁きながら、ぼくはきみを踏みしめて、雪原の幻夏を彷徨し、護りたい、護りたいと雪を照らす蒼空が視界からはなれない。

ぼくは、きみを、愛することができない。理由は、ぼくはきみを愛したいから。

きみは、ぼくを、愛することができない。理由は、きみはぼくを愛したいから。

光らない光を
光らない光を
光らない光を

つよく土の香を帯びた言葉が傷にまみれた地上の営みを呪い、とめどなく吐き出された土の香はおぞましく天へ天へ、そして言葉はおおきな掌をなし、天へ天へ、天をつかみ、なおも天へ天へ、天を地へ叩きつける

愛を殺した言葉は、骨が黄色く冷たい
愛を殺した言葉は、骨が黄色く冷たい
〈…、烈火、…、烈火、炎、烈火ヲ、ヒヲ、ヒ樹ヲ、ヒ樹螺、…、碑樹裸、…、ヲ〉
〈…、烈火、…、烈火、炎、烈火ヲ、ヒヲ、ヒ樹ヲ、ヒ樹螺、…、碑樹裸、…、ヲ〉
〈…、烈火、…、烈火、炎、烈火ヲ、ヒヲ、ヒ樹ヲ、ヒ樹螺、…、碑樹裸、…、ヲ〉
膚に仏を刻むもの、…、失ったものの名を刻むもの、

祈らぬため、祈らぬため、祈らぬため、
膚に追悼を刻むもの、刻まれた追悼にふれ、観音の首、ふるえ尽くし
ふたたび祈らぬために、命脈ふるえ尽し

ただ静かに暮らしたいと願う人々の群、群を砕く異族の言語、
音素をつつみ隠し静かに暮らしたいだけだったと子を乞う人
の妻ノゆくえ、帰ってほしい、来ないでほしい、と砂塵を彷
徨する怒り、ききとれない、ききとれない異族の発語

何故ナラ言葉ハ、深淵へ届クモノデアリ、深淵カラ届クモノダカラダ
何故ナラ言葉ハ、深淵へ届クモノデアリ、深淵カラ届クモノダカラダ
何故ナラ言葉ハ、深淵へ届クモノデアリ、深淵カラ届クモノダカラダ
響き尽くされた、…、

（三日以前、三日以前、三日以前）
午後二時過ぎ、港町で二重の虹を見たと連絡があった。そこで海は見えたでしょうか。遙かなものが、深遠なるものが、わたしたちの過去を救済しうるのだと信じていた。言葉が言葉を破ればいい。言葉が言葉を燃やせばいい。連絡を受けベランダに出、虹を探したが、此処では、昨夜から雨は降らなかったから、虹はひとつもなかった。あるはずもなかった。幻日環、環水平アークと、虹の名を告げる聲がするが、それはあなたのものではない。港町までわたしはゆけない。虹は見えない。わたしは見えない瞳を信じている。
見えない瞳で見た、きみと海を信じている。
覚エテイル、覚エテイル、覚エテイル
ワタシハキミガキミヲウシナウコトヲイトワナイスガタヲミテイラレナカッタ
スクイタイタスケタイコトバハココニナイ

あらゆるものは復元しない、
あらゆるものは輪廻しない、

あらゆるものは再生しない、
しかし、深淵はすがたをかえて、時を襲う
骨と花ノ結合、海ノ解体、氾濫する命への近似が赦す非在の蠢き、残余の滴り
骨と花ノ結合、海ノ解体、氾濫する命への近似が赦す非在の蠢き、残余の滴り
何故ナラ言葉ハ、深淵ヘ届クモノデアリ、深淵カラ届クモノダカラダ

わたしは心臓に刺さった名の美しさを厭うことになった
死の水に悲しみを浸し、恩寵と災いの両をむさぼった
きみはわたしのように人ではないから、…、母の胎もきみを忘れ
斬り殺されたものの喉笛が
嘔吐の膿んだ蒼空のもとでうたう痙攣を鳥にうつし、
轟きわたる「慈悲の心とは何か」のなかで、また飛機を臨んだ、
憎むべきものの囁きと、きみの囁きとをききたがい
赫い空に虹を幾重もかけ、「慈悲の心とは何か」という意味を剝奪した
此処にはもう何もなく
あらゆるものは復元しない、
あらゆるものは輪廻しない、
あらゆるものは再生しない、

何故ナラ言葉ハ、深淵ヘ届クモノデアリ、深淵カラ届クモノダカラダ
何故ナラ言葉ハ、深淵ヘ届クモノデアリ、深淵カラ届クモノダカラダ
何故ナラ言葉ハ、深淵ヘ届クモノデアリ、深淵カラ届クモノダカラダ

雪夏の羽撃きが吐く焔塵、玄冥

渇仰と呼ばれる飢饉に見舞われた異郷まで
渇仰と呼ばれる飢饉に見舞われた異郷まで
　　恒久に鎖された黙示ノ季節、…、その刻にしか降ることのない、膿んだ海ノ匂いノ雪
雪深い酷寒の地、…、古き挽歌あり
雪深い酷寒の地、…、古き挽歌あり
　恒久に鎖された黙示ノ季節、…、その刻にしか降ることのない、膿んだ海ノ匂いノ雪
「わたしがわたしを失い、きみがわたしを失う」までの道たがえ、あなたは此処で、わたしは彼処で、
　　　互いの心臓を腐敗ノ太陽に翳し、光ル残想を、うつしましょう
　　　それがあなたの、それがわたしの、荼毘ノ火塵、
　　　　昇れ、昇れ、
　　　　　あなたの、わたしの、荼毘ノ火塵、
　　　　　　昇れ、昇れ、

そして、降れ、…、

夏にオトヅレル刹那ノ冬が冴ゆるまで、鋭き、鋭き、鋭き、
鋭いた殺意ノ結末、…、わたしは祈るための掌を塞ぎ、祈
らぬための聲をフルワセながら、冷たい路地を彷徨し、未
だ正午に届かない刻を、届かぬ正午のなかでしか癒えるこ
となき傷を、舌にひらく。やさしさでは満ちることのない
境涯をゆくものよ、…、救済のため、鋭き、膚なきものよ、

「きみは、覚えているわ、…、わすれない、わすれることはできない」
そう吐き棄てた女に飼育され、それでもなお残されたつがいの、ふたりで育てた花々が、冷たい言葉にたわむとき、ふたつの心臓が、ひとつの脈憶へ、…、夕刻、夕刻、…、正午核、…、荼毘ノ火塵、…、

欠落を歌う花につもった白キ破滅ノ聲が、躁ぐ冥府を鎮め失せ（刻々、…、累々）
欠落を歌う花につもった白キ破滅ノ聲が、躁ぐ冥府を鎮め失せ（刻々、…、累々）
腑分けされた命脈を、今もきみは、わたしは、護れているのだろうか、
舞うことだけが使命だったひとつの命と、
赦されぬ、償われぬことだけが追憶だった幾多の命とひきかえに、
ひらかれた域、塞がれた洞、喪失の意味や、悲しみでは、
はかることのできない重さによって膿んだ、膿んだ空や、海に、
わたしたちは去るでも、辿りつくでもなく、
白き骨のような冬が、生涯の終わりまでには届かねばならない夏の季節が、
罪の深みを掬うことができないこの掌で、ただつつみ、
静謐であれ、静謐であれ、静謐であるための手であれと、愛を誓い、そして、…、

とめどなき原白が九冬に拡がり、破形への覚醒圏で、わななく掌、雪紐の垂れた、…
「生き残るという忌々しさが、きみの首すじに締めつけられ、死のやさしみへとざされつづけた」
とめどなき原白が九冬に拡がり、破形への覚醒圏で、わななく掌、雪紐の垂れた、…
「生き残るという忌々しさが、きみの首すじに締めつけられ、死のやさしみへとざされつづけた」
（深々、…、心神、…、煌々、玲々、鴻荒、…）
「生き残るという忌々しさが、きみの首すじに締めつけられ、死のやさしみへとざされつづけた」
雪紐の垂れた、…

「あなたは雪とたがえた骨を、わたしは骨とたがえた供花を、瞳のゆびでさすり、…、戒律がにじむ」
とめどなき原白が九冬に拡がり、破形への覚醒圏で、わななく掌、泪ノ雪瞳、
（連々、…、聯綿、漣々、…）
鋭いた殺意ノ結末、…、わたしは祈るための掌を塞ぎ、祈
らぬための聲をフルワセながら、冷たい路地を彷徨し、未
だ正午に届かない刻を、届かぬ正午のなかでしか癒えるこ
となき傷を、舌にひらき、
なお息を繋ぐものに、…、息を繋ぐ手と、唇にぬくもりを、ぬくもりを、
荼毘ノ花、荼毘ノ火塵、荼毘ノ花、
舞う、昇り、
昇れ、昇れ、
昇れ、昇れ、
あなたの、わたしの、荼毘ノ火塵、
あなたの、わたしの、荼毘ノ火塵、
昇れ、昇れ、

そして、散る、…、

渇仰と呼ばれる飢饉に見舞われた異郷まで
「あなたは雪とたがえた骨を、わたしは骨とたがえた供花を、瞳のゆびでさすり、…、戒律がにじむ」
雪深い酷寒の地、…、古き挽歌あり
「あなたは雪とたがえた骨を、わたしは骨とたがえた供花を、瞳のゆびでさすり、…、戒律がにじむ」
「生き残るという忌々しさが、きみの首すじに締めつけられ、死のやさしみへとざされつづけた」

欠落を歌う花につもった白キ破滅ノ聲が、　躁ぐ冥府を鎮め失せ
欠落を歌う花につもった白キ破滅ノ聲が、　躁ぐ冥府を鎮め失せ
恒久に鎖された黙示ノ季節、　…、　その刻にしか降ることのない、　膿んだ海ノ匂いノ雪
恒久に鎖された黙示ノ季節、　…、　その刻にしか降ることのない、　膿んだ海ノ匂いノ雪

受戒

忌々しさ、　…、　きみの脊椎から咲き乱れる花は、　骨もろとも枯れてゆく
骨もろとも枯れてゆく
骨もろとも枯れてゆく

悲翔、来世喰う海、地鎮の手

「月、喰うて、…、神さんの花、吐いたんやよ」
月蝕、の、ことか、…、寒い地の、寒い季節の、ひと刻、安らぎの滅亡
「月、喰うて、…、神さんの花、吐いたんやよ」
月蝕、の、ことか、…、寒い地の、寒い季節の、ひと刻、安らぎの滅亡

「あれは死者ではない」ときみは言う。「生きたものでもない」とわたしは言い、そして、神錆びた光を纏っているが、神の比ではないだろうと、わたしたちは、高速道路、深夜のパーキングを発った。ヘッドライトを消せば、缶のコーヒーの苦味が胸の昂りにかわる。二〇〇km、一五〇km、届かない距離のなかで、生きる意味が踏みにじられていた。慈悲の言葉が降るごとく「故郷はいずこか」と飛来するものをこうして見あげるわたしたちも、いつかは、…、そう想いながら、…、満月が飛来するものの叫びのすぐ隣を浮かんでいた。月を縁取る夜天の輪郭が、冴えていた。ヘッドライトを消した。馬骸だらけの高速を這い翔けた。失うことが何ともないおもいでに似た食べかすを吐きながら、宙で共喰いする神の瞳を時折、仰ぎながら、馬骸だらけの高速を、奔るわたしたちに併走する光。「夜の空気は冷たい、…、肺の芯までひえる」きみは言った。星のひとつひとつが、重く、重く、重く、重く、地に突き刺さり、ひとつひとつ、光らない光をあたためていた。

宙浸、空破、重星

予言ノ軌道をそれたのだろうか。
靡く極光が遠く、終わらない悲しみを宿したおまえの瞳は全身で失せてゆく。喜びややさしみを抱きかかえ、雪を眺める暇もない。極光とひえた肺が、散る花に見えた。出発のまえに、おれたちは狂った交尾を棄てた。使命も棄てた。棄てずにおいた花が、おれたちの帰りをまっている。「花は、…、いつか散るから、すかん」花は、いつか、散る。此の花が散るまでは、ではなく、此の花が散ってもなお、ふたりの暮らしを、営みを絶やしてはならない。棄てることができない花が帰りをまっているあいだは、おれたちは帰ることができない。

予言の軌道をそれたのだろうか。神錆びた光を纏っているものが、夜にむかって叫びをあげ、昏い空を破りかすかな蒼穹が見える。星がひとつひとつ、言葉に喰われ、重みをなくしている。軽い、軽い、おまえのからだ。

宙浸、空破、重星

尽く、尽く、…、尽く、…

樹、裂きて、奔るる馬の蹄、…、ひらかれる瞳
樹、裂きて、奔るる馬の蹄、…、ひらかれる瞳

背から骨をぬい、…、つらぬきあふれる白き腕、白き掌、…、一本、二本、三本、
双に六つの、白き俤、骨のカサナリから射す光に反りかえるゆび、ゆびの翼、翼の痙攣、それは咲く
ふるえながら、悲しみの臓腑をつかんでいる

馬翔け、光奔り、音響く
馬翔け、光奔り、音響く
馬翔け、光奔り、音響く

樹、裂きて、奔るる馬の蹄、…、ひらかれる瞳

炎上、…、水、…、地を浸す水、炎上
封印された首都、封印された聲、封印された山、封印された、封印された
地裂きて、炎上、浸し、地裂きて、…、水、浸し、炎上、
あふれ顕し、ふたたび殺され、裂きて、あふれ顕し、みたび殺され
鎮み、鎮み、…、殺され、冴ゆる
封印がひとつ、封印がふたつ、封印がみっつ
鎖されたものが、重なりの涯にきみを、ひらく
都市を馬、翔け、潰し
雪原を馬、翔け、潰し
望郷を馬、翔け、潰し

芽吹き、この漆気、この腐った水の匂い、そう、これは狂った蒼穹の匂いだ
　そうだろう、なあ、そうだろう
二〇一一年五月二十九日、帰路に香る獣の匂い、骸に群がる獣、獣に群がる骸、群を囲む、幾人のきみ、きみたちになれない幾人のきみの手、
馬上の瞳にうつされる死、…、瞳のなかの同年同月同日
東京という月の囮、新宿という月の囮、西口の雑踏という月の囮、そこに吐かれた血のにじんだ唾液という月の囮、大阪という言葉、淀川という言葉、異種という言葉、南北という言葉、故郷という過ち、胎臓という過ち、帰郷という過ち、…、父と母を愛すわたし、今、尽くを裂き奔ル
　苦しみにほほえむかすかな息遣いが車中をみたしている、皹のはいるバックミラーにうつるおまえは、美しい
封印された首都、封印された聲、封印された山、封印された、封印された
誰ガ乗ル、…、
誰ガ乗ル、…、
誰ガ乗ル、…、
ひとつ罪負う馬の父か、
　　駸々
　　　、…、駪
馬翔け、光奔り、音響く、歌の封殺
馬翔け、光奔り、音響く、旋律の封殺
馬翔け、光奔り、音響く、祈鎮の封殺
あの痛苦をはらむ不比のひとつとなる、…、ひとつとなり、わたしたちは、きみのままで
　痛苦をはらむ不比のひとつとなる、…、ひとつとなりひとつの息を絶つ、…、あなたのままで、裸のままで、
結わえて、結わえて、結わえて、ひとつの命になったとき、ほどかれる
結わえて、結わえて、結わえて、ひとつの言葉になったとき、ほどかれる
来たる日の光景が、去りし日の光景を、喰う、…、逆る光血

月膚が軋みをあげて、二〇一一年初夏
イザナイノ聲、イザナイノ、…、イザナ、イザ、ザナ、イ、…
サムケ、モ、クラサモ、此処、ニハナク、…、ナク、ナ、…、ツク、ツツ、…

地に手をあてる。掌から存在の軋みを地中に還すように、双手で地を、押す。たかまりながら切々と灌がれる。非祈の沈黙。それは愛であり愛を殺害するがゆえに、地はわたしを拒絶し、押しかえす。地はわたしを受けいれない層をもつ。わたしは地に拒絶されるべき想いを抱いている。その想いはいつも泣いていたね。双手、掌と、地の僅かなあわいを蠢くものがある。力を弛めると、骸の沈んでゆく勢いに吸い込まれる。錆びた光が、裂けつつある地からあふれる。それは、古の月光だろう。月で死ぬことが叶わなかった諸々の、狂った祈りだ。狂ってゆけ、狂って、狂った光の神経を融じ、今此にあらざるものの残想と犠牲が、わたしに、沁みる。覚えのない悲しみ、喜びがわたしを突き動かす。想いでは受けとめきれないことがある。地に手をあて、もうすべてを失ったよ。失ったのだと確認する交尾が、悲しみ以外の何ものでもあるはずがないだろう。あふれんとするものを鎮める。きみの吐息が、サイドミラーに白く膨らみ、いたる処、静寂の膚を剝いでゆく。晩夏の地の底の底から響いてくるイノチアルモノノフルエ、絶え間なく響き、一縷の、一縷の祈りは、慈悲言語の破裂音だ。今はただ、今はただ、無数の日付が刻まれたこの双手を地に押しやり、今はただ此の地の蘇生を、…、呼醒まされる地と、地を呼醒ます聲と、崩れる水紋の微音と淡雪。歪みなる日、…、その人の死、此処にはなく、此処にはない、此処には何も、何かが、…、何もない。二〇一一年三月十八日、福島を故郷とする人から久々の音沙汰、…、青梅での、…、三月十八日その人の死を記され、…、三月十八日、トキの刻を失った刹那の逆渦流に、今ひとときの痛苦を還す、…、共に、共に、月の動きと区別のつかない死者たちを、瞳にしながら慈悲言語は、軋みをます。

「生きていてよかった、生きてて、よかった」

ふるえる地の、こまやかな裂け目は呪言を吐き、それは読経の聲に似て響きでる。わたしの言葉、あなたの言葉、そして瞳を澄ませば澄ますほど、それは救済の域をこえている。あれは、死の沈黙の下から最後に響き出て来る、人の聲の尊厳を模したものではないか。今こうして地に命をひろげるわたしの隣に、背をまるめしゃがみこむきみが、海の唇に見える。

ふれ、軋みあう、掌と地とが、互いに互いの封印のなり、…、それでもすすもう、ゆこう、ゆこう、想いでは受けとめきれないものがある。

ふれ、軋みあう、掌と地とが、互いに互いの封印のなり、わたしの耳は、きみの囁きをとらえ、ふれ、軋みあう、掌と地とが、互いに互いの封印のなり、ひとつの言葉が、ひそかにわたしに臨んだ。
「ともに生きよう、ともに」
海、月の蒼穹を潮騒に染める近畿ノ野ニミツル聲、…、聲ハ尽く、言葉の息災を告げる
海、月の蒼穹を潮騒に染める近畿ノ野ニミツル聲、…、聲ハ尽く、言葉の息災を告げる
「月、喰うて、…、神さんの花、吐いたんやよ」
それは終わりにもはじまりにもなれなかった
何ごともはじまることなく、だから何ごとも終わりはしない
それを見つめるためだけにひらかれた瞳により飛来するもの、そして今此を去るものが
残されたわたしたちの命をはかる
はかられる命のおよそアラユル顕れが明るさのなかで白濁して見える

樹、裂きて、奔るる馬の蹄、…、ひらかれる瞳
来世、その命が滅ぼさん地を原郷にもつ人々、東域ノ潰滅を瞳に刻まれ、
川流を塞ぎ、天ノ分裂を耐える地上轟音海
海、月の蒼穹を潮騒に染める近畿ノ野ニミツル聲、…、聲ハ尽く、言葉の息災を告げる
はじまりはかすかでも終わりには、はじまりはかすかでもきみの終わりには、膨れあがる転生儀式の残余があり
わたしたちの間には、わたしたちふたりの隔絶に手をおいてくれる仲介者はないのだから
「それが、あなたの償いとおもっているのね、…」
神錆びた光は美しく
「それが、わたしの償いとおもっているのね、…」
天涯花、抓み、抓み、抓み、永遠に滅びてその名も消える
「それが、あなたの償いとおもっているのね、…」

来世、その命が滅ぼさん地を原郷にもつ人々、東域ノ潰滅を瞳に刻まれ、
　川流を塞ぎ、天ノ分裂を耐える地上轟音海
威嚇する聲が、あたりいちめんからきこえてくる。威嚇する聲が、あたりいちめんからきこえてくる。
来世、その命が滅ぼさん地を原郷にもつ人々、東域ノ潰滅を瞳に刻まれ、
川流を塞ぎ、天ノ分裂を耐える地上轟音海
威嚇する聲が、あたりいちめんからきこえてくる。威嚇する聲が、あたりいちめんからきこえてくる。
来世、その命が滅ぼさん地を原郷にもつ人々、東域ノ潰滅を瞳に刻まれ、
川流を塞ぎ、天ノ分裂を耐える地上轟音海

　　月の瞳、瞳の月
　　骨の瞳、瞳の骨

冴ゆるまで、冴ゆるまで、冴ゆるまで、
月骨、…、首子ノ来し地、
　月骨、…、首子ノ去りし地、
冴ゆるまで、冴ゆるまで、冴ゆるまで、
冴ゆるまで、冴ゆるまで、冴ゆるまで、

　　空の核となりし、月から降り落ちる手紙
　　刻むは血、刻まれるは骨

はじまりならざる刹那に、真に何かが壊れた。はじまりの顕れの刻、顕れとともに壊れたものがあった。

それは、はじまりそのもの、はじまりを生むための終局、…、命の壊れは、来るべき月日をも道連れにした。

わたしたちの道は、道ではなくなった。

「わたしはあんたの、ささえになりたかった、…、そやのにどうして、空も花もあんたもみな、わたしが傷つけてる」
きみは今、何処にゆこうとしているの。傷を背負い、わたしの手渡す安堵を破棄し、きみは夏や蒼穹がすきで、それを浴びつづけ、いつも、いつも浴びつづけ、失った尽くを理由に生きるきみは、ほんとうにわたしのささえだった。大切な人、大切な人、もっと、もっと、夏や、蒼穹を全身で浴びてもいいよ。供向日葵の骨を天までのばし、天の地上を破って、もっともっと、大切な人、そこにも、いるね。何処にでもゆける。きっと、いつか、何処にでもゆける。ささえだった。ほんとうにささえだった。失った尽くを理由に生きるきみは、光を浴びて、光らない光も、光る光も浴びて、供向日葵の骨をゆびさきからのばし、冴ゆるまで、冴ゆるまで、…、生きることは罪だろうか。
結わえて、結わえて、結わえて、ひとつの命になったとき、ほどかれる
結わえて、結わえて、結わえて、ひとつの言葉になったとき、ほどかれる
天涯花、…、秋ノ高キ空に、花茎をノバシ、…、ひ、ふ、み、…、いつ、むガ輪、…
月の躯を仰ぎ見て、冬ノ昏キを夏ノ音に、…、ひふみ、よ、いつ、むガ輪
心臓歌に込めしわたしの流光、死ヌモ死ナヌモ、大阪の雪

殺されるもののありし地、枢軸言語域
父母も、その地にある、…、
啜る血も枯れ、…、壊れた言語で、壊れた光景を語る、ひらいて、ひらいて、ひらいて

蒼穹が死にふれる領域を押しひろげたのは言語ノ熅れ、…、腐りかけた天に、青骨が刻まれる
蒼穹が死にふれる領域を押しひろげたのは言語ノ熅れ、…、腐りかけた天に、青骨が刻まれる

鋭き、…、鋭き、…、
鋭き、…、
鋭き、…、鋭き、…、
融印、…、
ひ、ふ、み、よ、

いつ、むが月ノ
焔に赫く燃える月
ひ、ふ、み、よ、
いつ、むが月ノ
滅びたものの祝福が言葉の蠢きを射しとめる
天涯花、…、秋ノ高キ空に、花茎をノバシ、…、ひ、ふ、み、…、いつ、むガ輪、…
月の躯を仰ぎ見て、冬ノ昏キを夏ノ音に、…、ひふみ、よ、いつ、むガ輪
心臓歌に込めしわたしの流光、死ヌモ死ナヌモ、大阪の雪
冴ゆるまで、冴ゆるまで、冴ゆるまで
冴ゆるまで、冴ゆるまで、冴ゆるまで
翔気ふぶき、遅月ニ洞核を宿し、刹那の去来、刹那の生死、赫き風はうねる
わたしたちはいかなるときも天にまで飛沫く血をもとめず
わたしたちはいかなるときも天にまで飛沫く血をもとめず
吐溜のうえを、裸足で彷徨し
視覚言語を踏みしめ、光覚言語を踏みしめ、
懐かしむ故郷の川なく
膿んだ水の淵底に沈められた母族の触伝えの連珠が、
わたしの昭和を締める、
彼我の淵からにじむ聲、枯夏、痛む烙印脈をひきちぎる優しき冬牙、そして心彩は散る
彼我の淵からにじむ聲、枯夏、痛む烙印脈をひきちぎる優しき冬牙、そして心彩は散る
「死んだやつは、…、死んだやつ」
月ノ季節は春、洞核からイデシ、十八ヶ月の戦禍、繋がらない空と空を奔る旋律川
月ノ季節は秋、洞核からイデシ、十八ヶ月の戦禍、繋がれない空と海を奔る白忌川

はつなついとしいてのあなたがほねのやさしきゆびやいきあびよや
はつなついとしいてのあなたがほねのやさしきゆびやいきあびよや
「やめてくれ、…、もう、やめてくれ」
終わらない歌に死ぬ
「帰ってこんかい、帰ってきてくれや、生きててええんや、此処におる、此処におる」
終わらない歌は殺す
「やめてくれ、生きててええ、此処におる、此処におるから」
はつなついとしいてのあなたがほねのやさしきゆびやいきあびよや
「月、喰うて、…、神さんの花、吐いたんやよ」
「月、喰うて、…、神さんの花、吐いたんやよ」
死によって見据えられた生の様相、もしくは氾濫する命により死に浸った生の様相を響破る歌聲が母族の遺言だった。
乾いた砂いちめんの断罪に臓腑を撒き散らし、月ノ母胎には歌が、絶えず響き、地の意味を壊す。
歌はひらき、蠢き、継ぐ。奔り、流れ、歌は、届く歌は、封じる。歌は、砕く。歌は、晒す。鎮め、呼醒まし、生み、殺す歌は、死者の息吹に共鳴し、生きるものの肉体をふるわせる。歌は、水に膿み、水に浸り、生きうるものの血が吐く言葉を増幅し、喰らう。歌は降り、領域を定め、咲き、あやつる歌はあやめる。つづく。溢れる。放つ。狂う。揺れる。醒める。歌は、鳥を鳥のまま神にかえ、天を地へ引きづり降ろす。寄せる、憑く、覆う、迫り出す歌は、転生し、前世の記憶をさぐり、骨と戯れ、腑分けし、瞳に宿り、膚を侵す。舞う。ふくれる。螺旋を伸縮する。撃つ。光る。炸裂する。軋む。はじまる。終わる。交わる。臨む。歌は、横切る。陥没し、来迎し、はぜ、雨を雪にかえる歌は、乞い、忌み、からまり、逆巻き、連なり、救う。還る。籠もる。歌は、口に澱み、混じり、惜しみ、凝る歌は、うつり、呪い、祝い、弔る。想う。地形を再編する。歌は、眩む。うねる。轟き、うなる歌は、破れる。歌に死ぬきみ、歌に生きるきみ、きみは歌う、わたしは歌う。歌が滅びるとき、わたしたちが構成する世界は、同律に滅びる。終わらない歌は、終わらず、生まれるために死ねばならぬものが記録された戸籍は臓腑の言語と繋がっている。

破歌、破歌、破歌
わたしたちはいかなるときも天にまで飛沫く血をもとめず
柱にもなれず水底に母を鎮める人
蒼い太虚を、水浸瞳に破する
柱にもなれず水底に父を鎮める人
蒼い太虚を言糸に縫合する
朧であれ、朧であれと、それでも残される顕在血が、互いに互いの封印となり、故郷を棄てる。
「彼処でええことあったら、…、わたしも東京呼んでもらうことなってるんや」
「堪忍なあ、…、堪忍なあ」
威嚇する聲が、あたりいちめんからきこえてくる。威嚇する聲が、あたりいちめんからきこえてくる。
威嚇する聲が、あたりいちめんからきこえてくる。威嚇する聲が、あたりいちめんからきこえてくる。

翔気ふぶき、遅月ニ洞核を宿し、刹那の去来、刹那の生死、赫き風はうねる
彼我の淵からにじむ聲、枯夏、痛む烙印脈をひきちぎる優しき冬牙、そして心彩は散る
破歌、破歌、破歌
わたしたちが、わたしたちを非在ノ圏から追放すること、
　追放されたものの望郷、追憶、帰還意志を封殺する旋律
翔気ふぶき、遅月ニ洞核を宿し、刹那の去来、刹那の生死、赫き風はうねる
彼我の淵からにじむ聲、枯夏、痛む烙印脈をひきちぎる優しき冬牙、そして心彩は散る
　破歌、破歌、破歌

旋律化された惨劇ノ交響
　母国喪失ノ曲想　父母延命ノ調、非殲滅ノ調

旋律化された殺意によって、結ばれたふたりの愛が、研ぎ澄まされた別の殺意によってほどかれる
浸り、
浸り、
原初ノ封印をとき、新たな封印をはる、
第三、第七ノ封印をとき、第三、第七ニ封印されし言語母族を東京に、今、此処にある東京に放つ
最終の封印をとき、旋律となりし歌、言語へとふるえ東京を揺さぶる――
幾年経てば、都市は都市を破り
幾年経てば、故郷は都市を司る

来世、その命が滅ぼさん地を原郷にもつ人々、東域ノ潰滅を瞳に刻まれ、
川流を塞ぎ、天ノ分裂を耐える地上轟音海
海、月の蒼穹を潮騒に染める近畿ノ野ニミツル聲、…、聲ハ尽く、言葉の息災を告げる
千年後、雪原言語亡命神躯の顕現、白く、白く
千年後、雪原言語亡命神躯の顕現、白く、白く、
翔気ふぶき、遅月ニ洞核を宿し、刹那の去来、刹那の生死、赫き風はうねる
彼我の淵からにじむ聲、枯夏、痛む烙印脈をひきちぎる優しき冬牙、そして心彩は散る
蒼穹が死にふれる領域を押しひろげたのは言語ノ熘れ、…、腐りかけた天に、青骨が刻まれる
心臓歌に込めしわたしの流光、死ヌモ死ナヌモ、大阪の雪
彼我の淵からにじむ聲、枯夏、痛む烙印脈をひきちぎる優しき冬牙、そして心彩は散る

懐かしむ故郷の川なく、膿んだ水に浸した双手と、蝕まれた肉を裂きひらいたような香が
永い非時を過ぎし刻の、かすかな昼過ぎにさえ甦り
やがて告げられるであろう月の内側に凍結する流時のなかで、恒久の正午は、刻々、異時をなす

予言の軌道をそれたのだろうか
予言の軌道を喰い千切り、荒い息、荒い鼓動、天穹から降りた神錆びたものの、慈悲と破壊
因果の軌道をそれたのだろうか
因果の軌道を奔る馬、来たるべき古の馬、おまえの歌、ぜんぶ、おれの手からはなれた
封印されたものがひとつ、ふたつ、八つ、ひらかれたものがひとつ、八つ、ふたつ、ひとつ、川に流れて帰るべき時を告げる
予言の軌道をそれたのだろうか
「花は、…、いつか散るから、すかん」
神錆びた光を纏っているものが血の滴る暁にむかって叫びをあげ、赫く昏い空を破り、かすかな蒼穹がふくらみ、膿む
光の形式がひとつひとつ、言葉に喰われ、重みをなくしている、今、軽い、軽い、おまえのからだは重く、散る花だ
おまえが帰りをまっている
おれも、おまえの帰りをまっている
「帰ってこんかい、生きててええんや、此処におる、此処におる、…、やめてくれ、生きててえぇ、此処におる、此処におるから」
神錆びた光は美しく、うとましい
「それが、あなたの償いとおもっているのね、…」
瞳にうつる尽くが償いだとおもっている
手にふれる尽くが償いだとおもっている

真想、破戒律

「此処におらなあかんねん、…、ぼくは、かえることはできへん。そやから、おまえは獨りでかえって、…、おかあちゃんには、心配せんように言ってくれ。ぼくは、此処におると言うてくれ」

「なんや、…、こんなところにおったんか、…、なにを言うてるの、一緒にかえろう、みんな、あんたのことさがしてんで」

「おれはそっちへは、いかれへんのや、…、そやけどおまえはかえりや、かえりや、…、ほんで、ぼくは此処におるとお母ちゃんにつたえて」

幾十年がたったやろうか。此処にいないあんたの、此処のないあんたのいない日々を、どうつたえたらいいやろか。

あなたとともにかえりたかった。あんたと一緒にかえりたかったわぁ。あんたとともに生きたかった。あなたがわらい、あなたが悲しみ、あなたが苛立ち、あなたが喜ぶ、そのすがたを見ていたかった。わたしがとしをとり、わたしが母になり、ふたりの子をもち、わたしは生きて、かわってしもうて、それでも、あなたと言葉をかわし、あなたが父になり、父にならなくても、あなたもとしをとり、あなたとともに生きたかった。あのときもあんたにさわれなんだ。もうあんたにさわれへんこの手が、ふたりの子をそだてた。ただぶじにおおきくなって、ただぶじに、生きて、ほんでもう、わたしのもとをはなれた。故郷には、かえってこんでええというてある。それでええのや。いま、わたしにあんたにもかえってきてほしいとはおもてない。わたしはただ、さってゆく人、此処におる人みんなで、おとづれる時代を生きてゆきたかったのや。ごめんね、…、時代て、なんやしらん、嫌なことばやねえ。

わたしはときおりあなたをおもいだす。それが、わたしの償いや。それがわたしの意志や。わたしの子のひとりが、見たこともないあなたをおもいだすというてくれる。あんたの無念やつらさくるしさをわかるというてくれる。それは、わたしの喜び。感謝してるんよ。あんたがわたしたちのこと想うてくれるから、わたしたちがあんたのこと想うんやないかと、感謝してるんよ。わすれてへんよ。

黄泉か、彼岸か、極楽か、地獄か、もどってくることができない場処がある。そしてそれは、此処にも、此岸にも、そのままのかたちであり、二度と此処にかえってくることのできない境のこえかたがある。こえたけどかえってきた人、こえてかえってこれへんかった人、そやけどそれはみなイノチやおもう。ふたたびもどってくることのできない場処があり、此処と彼岸のあわい、露の浮く草花、靄にけむる山道、翼を蒼空いっぱいに張った鳥の啼き、土の、草の、天穹の呼吸、その冷たさ、そのあたたかさ、それが地獄であるはずはない、極楽であるはずもない、それは何処でもなくて、ただ、あんたが今もおる場処、あんたのイノチがある場処、そうおもってるんやよ。そっちには、おいしい食べもの、あるの。そっちでも、お酒の一杯や二杯飲んでもええのか。かわいらし女の人はいてはるか。冬や、春は、あるか。あんた、あのときにはもう、かえってこられへんことがきまっていたのやから、こんなこというてもしかたがないのやけど、あのときあんた、かえってきたかったん、…、それともかえってきとなかったん、…、今、わたしがおる此処は、そんな、あんたに自慢できるようなええとこやないけど、たくさんの、たくさんの、息があって、わたし、そのたくさんの息、なんやかんやあっても嫌いになれへんのや。わたしは、今、此処に、いるよ。あんたがむかしおった場処に今もいるよ。

「そっちへいくな、此処からはみんなただしくない」

焔が舞っていた。靡く光だった。火は、流れ、昇り、ふくれた。光った。夏の羽虫が光にたかっていた。それは、うねる焔に取り巻き舞う、火の粉と見まがった。ゆれ、靡き、立ち昇る焔に沿って、空を仰いだ。焔は、空をも、舞う。目をとじた。揺らめく光が、目蓋の内に沁みた。目に焼きついた焔のわずかな残りが体の内に入り込む。熱のない焔だった。焔はゆるやかに、肌の内を這い、骨に巻きつき、臓腑に沁み、火はふくらむ。ふくらむ焔は体のすべてを覆いつくすようにおもわれた。その体がふれるもの、見るもの、嗅ぐもの、ことごとくにひろがり、覆い尽くす。目をひいた。大きく、ゆるやかに、そして激しく、うねりをあげる焔の光が、人々の貌を朱に染め、人々の肌に、光は波打った。人々神妙な貌付きで合掌し、願をかけ、焔へ放ち、ふたたび、合掌した。

落ち葉が、足下いちめんを斑に染めていた。天へと幹をのばす木々から剝がれ落ちた緑の葉、枯れ、乾いた葉、腐った葉、それらが重なり、つもり、…、わたしは空を見あげる過失を知り、さざめく葉々に隔絶されながら、届かぬ天、届いてはならぬ天の位置を想った。瞳の瞳、瞳の瞳の瞳を剝がし、破り、剝がし、…、頭上にさざめく木の葉を縫い届く日の光が、つよまった気がした。光に拒絶された光が、光よりも眩しい。彼方はちかい。黄泉はちかい。そして、今まで追悼したもののすべてが此処にある。今此の木々に、此の日に、木漏れ日に宿っている黙祷のさざめき。此処は彼岸だ。彼岸は、此処だ。

始発電車で仕事を終え、高層ビル屋上から、午前十時過ぎの新宿を見下ろす。川が、流れている。名づけようもない川。人々の血の川が透明になるまで、流れつづけるのだろう。誰のものでもない血、誰のものでもない川、おれの手は誰のものでもない流れに浸っている。

目をとじる。昏い。それでもまだ、とじた目は、何ものかを見ている。静かに、生々しく、何ものかは、ふくれる。ひろがる。飲み込み、またふくれる。目をひらき、見えるもので、見えぬものを隠した。見えるものに、見えぬものが、にじんだ。苦しみを救うな、見えぬものの聲がした。苦しみは、苦しみとして必死にある。救いのない、そのことが救いだ。救うまいとおもう。苦しい、悲しい、何が、何を、何に、苦しく悲しい。それはわからなかった。ただその苦しみを、悲しみをじかに受けとめようとして、幼い目に、瞳に、肌に焼きついた焔の靡く光を、取りもどそうとしている。祈る心に焔を放つ。ただそのままのすがたをとどめたい。苦しみも、悲しみも、ちいさな喜びも、そのままのすがたを見ていたい。


黄濁した膿に赫い血がとけてゆくような空だったのかもしれない。空襲ノ経験を話す聲をきいたことがある。嗄れた、過去となった過去にふれなおすもの特有のやさしみが響く、…、祖母の静かな聲が、それを語った。空襲のとき、そしてそれを語るとき、ともに祖母は大阪の北部に暮らしていた。命を奪うものが降る。死に繋がる爆音が空にふくれる。祖母は、子を連れてか、祖母がまだ幼女の俤を残す齡だったのか、わたしには何故か、女にならぬ女が駆け、命を護る光景が刻まれた。濡れた布の類いを被り、頭を覆い、駆けたのだと告げた。女にならぬ女の聲が、膿と血の空を想わせた。

空から、地にいるわたしたちの命を奪わんとするものが飛翔し、殺すものが降る、その確かな光景が見えた気がした。わたしたちの空は未だ祖母の空の、幼く駆ける女の息が、残っている。もう、祖母の聲をきくことはできない。そのほんとうの悲しみがわたしに届くまでに、幾つの天を見あげることになるのか。おれはだめだ。心はだめだ。祖母と別れた母の泪が、わたしにはふるえただろうか。もう二十年は過ぎただろうか。それをきいたわたしは、子だった。母の母は時折、闇のように燃える人だとおもっていた。母も、母の兄も、母の姉も、それの血をつよく受け継いでいると感じていた。わたし自身にその血が宿っていると意識したのは、生が死に、死が生にふれ、自己という結界がほどけたときだった。そのために傷つけた人がいる。そのために傷ついた人がいる。そのために救われた人がいる。痛苦と救済の混濁した血で、わたしは川をつくった。

雪は、父との残想とともに降る、白い冷たさを宿している。父と二人、吹雪く山を登ったことがあった。なぜ、母方の墓の並ぶ山へ父と二人登ったのかおもいだせない。山に入ってからか、入るまえからか、山は吹雪いていた。いちめん、雪の白に、埋もれていた。いちめんの雪化粧は、はじめて見た。踏まれ、とけ、土を透かす雪は、すぐにまたつもった。休憩所の庵を目指し、父の背を追った。父の肩にも雪がかかっている。手は、頬は、雪どけにぬれた足は冷たく、痛かった。静かだった。雪を踏み歩くたび、乾いたような白い音がたった。降りしきる雪の梢に、土に舞い落ちるさざめきに、足音さえもしだいに掻き失せた。降る雪に、つもった雪に、そのさざめく白さに、耳が、とざされた。父とどんな言葉を交わしたのか、それさえも雪に、埋もれたようにおもいだせない。ものめずらしい雪を掬い、父に見せた。それを握りかため、投げた。梢の雪が、崩れ落ちた。その光景が、聲なくおもいだされる。おもいだされる。おもいだされる。父よ、父よ、父よ。おもいだされる。庵につくと、登山者と僧が、赫く火のついた石油ストーブにあたっていた。冷たく、凍ったような靴を、靴下を脱ぎ、ストーブにかざし、立て掛けた。父は、多くを語る人ではなかった。冬の冷たさから護られた庵のなか、そこにいる人はあたたかな言葉となり、ぬくもりにほどける心のあふれをかけあっていた。父だけは、その輪にくわわらず、何を見ているとも知れない瞳に、ただ、ストーブの火を宿していた。父の沈黙に、人々の聲はわたしから消えてゆき、窓ガラスにあたる雪の音だけが、沁みていた。父よ、父よ。雪の父は、わたしの言葉の母の領域に、生きている。

立ち入り禁止の札が、母の家系のものの眠る墓へとつづく道のはじまりにたてかけてあった。僧は、墓があることを理由に、わたしたちがその道をすすむことを赦した。わたしたちは、幾度もその道をあるき、地の連なりのしるしをおとづれた。生きてあるものへの愛と死してあるものへの償い、死してあるものへの愛と生きてあるものへの償い、それらの誓いにしたがってわたしたちはあるきだした。

子の心臓の異変に、はなれて暮らさなければならない子のため、衣服類を取りに帰る電車のなか、「なぜうちの子が、…」と泣き崩れたのだと、母は話した。此の世では、命に関わることばかりがわたしを襲う、そうわたしに伝えたかったのかもしれない。

いきててええんやろかと、もしおれがいうたら、きみはおれを憎むだろうな。いや、今にはじまるわけでもないおれを憎む憎しみがふくれるやろうな。もう、もうにどとそんな言葉はききたくないと、生きなければだめだ、生きなければうそだ、生と死の選択において、わたしたちはすでに生をえらんだのだと、きみはいうだろう。うしなったもののかずをかぞえるには、そのひとつひとつがあまりにもおおきすぎるし、うしなわずにすんだものをかぞえるにも、そのひとつひとつがあまりにおもすぎて、このからだ、ぜんしんで、それをかかえるだけで、おれたちはきしむ。大阪に、淀川に、新宿に、鳥に、海に、空に、お日さんに、イノチにむけてしまうおれの殺気や嫌悪は、おまえにむけられているおれじしんにむけられている。そやけどそれらにむけられる殺気や嫌悪よりも、ときにはおもうなるあいもおまえにむけられている。かなしい、くるしいと、故郷の言葉でおまえにつたえた情動は、すぐにくさってしまう。あいしてる、あいしとると、故郷の言葉でおまえにあいをつたえたことはないから、そのおもいはくさらずにすんでるやろか。しにたいと、そういったおもいに、おれが裏がえれ、裏がえれ、とおもえば裏がえるのや、生きていたいというおもいに裏がえるのや。でも裏がえらずにたえつづける死がある。それを咎めることはできんきがするし、もしおまえがそれを咎めても、おまえもおれと同じようにおもうてることがあることをしっている。おれよりもつよく、そんなふうにおもっていることがあることをおれはしっている。生涯かけてもかなしみきれないかなしみや、一生かけてもよろこびきれないよろこびを、つんでつんでつんで、血が、すんですんですんで、またにごるけど、またすんだりもして、かなしみがかなしみじしんをそめて、とうめいがとうめいじしんをそめて、にごりがにごりじしんをそめて、よろこびがよろこびじしんをそめて、わきたつおもいをいきて、わきたつおもいにいかされて、ふっ、ふっと吐くいきが、おまえに届き、おれに届く。ほんで、とおいとおいところに届く。

おれは、すがたがみえんようになったひとの、そのひとの行方なのかもしれへんとおもいながら、十年の日々はすごした。そのおもいは破綻した。そのひとの言葉と、そのひとのゆくえにあるものをおそれて。その畏怖を、使命としてきた。その使命は、まだ破綻せずにいれている。まぶしくくらい血、まぶしくくらい繋がりを嫌になったこともあったが、それを失いかけたときに放たれるなんもみえんようなるほどのまぶしさがすきや。

ひかりのひを火や日、非、碑とおもうてみたい。いのりのいを衣や異、射、意とおもうてみたい。いのちのちを血や地、乳、智とおもうてみたい。そして、うつくしさのう、つばさのつ、くるしみのく、しのし、ひしょうのひ、ことばのこ、…、ひとつひとつのことごとくが、いきている、つっ、つっ、つっ、脈うっているもののようにおれにはみえる。そらを、そらを、そらをそうおもうて言葉をおもうてきたけど、おれの言葉、そらをもてあそんできただけなんやろか。あ、あ、あ、そらがくるしい。い、い、そらがかるすぎる。はれた日がすきや、くもりの日がすきや、あめの日がすきや、ゆきの日はおそろしなることあるなあ。絶えざるおもいのつづき。絶えざるおもいのつづき。

不動、空が
不動、空から
不動、空へ

あなたは此処にいるのですか。わたしが何故此処にいて、あなたは此処にいないのか。母が最後にあなたと言葉、想いをかわした次の日の朝、二年後、三年後、その暮らし、イノチ、想いをあなたは知らない。見ているかもしれない。しかし息は此処には届かない。日々は流れます。母に刻まれたあなたの息を浴びながら、喪失からすすみはじめるわたしの生は、悲しみや罪を底なく重ねながら、生きる意味が狂って、それでも、共に生きる人々、そしてわたしに課せられたさまざまな想いのために、生き継いできました。わたしは、あなただ。あなたはわたしだ。わたしは母の言葉であり、あなたの言葉であり、此処にあるイノチの言葉であることによって傷を抱きつづけたい。血が血であることをこえたい。言葉が言葉であることをこえたい。闇のように燃える言葉と傷、光のように燃える言葉と傷、そしてそれらそのものである救済、非・救済。わたしは、言葉で封印を砕き、イノチで祈りを砕く。

「此処から、帰ることができひんのや」

わたしは此処にいて、去ることも来ることもなく、あなたのイノチのそばにいる。

死したものにではなく、生きているもののために祈りたい。生きたものが死んだものに祈るのではなく、死んだものが残された生きたものに祈るように、生きたいとおもった。呼吸したい。あなたへの祈りではなく、あなたの祈りだ。それは祈りを棄てること。もうしばらくは、あなたのためには祈りません。もうしばらくは、血の絶えざる死のためには祈りません。あなたを、死を、彼岸を想い生きるのではなく、想いを棄てても、あなたの瞳をふたたび此の地へひきずりおろし、生を、此処を踏みしめながら生きていきたい。生はそのようにして死を宿し、死はそのようにして生を赦す。あなたを見、生きるのではなく、あなたの目で見、生きてみたい。できるでしょうか。その目をかしてくれませんか。あなたの目で見たい人、景色があります。あなたの目で見たときに壊れるような人や光景をわたしはすきません。その手をかしてくれませんか。あなたの手で、ふれたい人がいます。その聲をかしてくれませんか。あなたの聲や息のこすれで愛を伝えたい人がいます。そして、あなたの聲や、手や、目や、言葉をつかって、あなた自身に愛を伝えたい。あなたは此処にいて、去ることも来ることもなく、あなたのイノチのそばにいる。あなたは此処にいて、去ることも来ることもなく、わたしのイノチのそばにいる。

靡く焔がおれを燃やした。黄濁した膿みに赫い血がとけゆくような空がおれを襲った。天も山も崩れ落ちるほどの雪の白におれは埋まった。血で血をあらい、血が血を流れ、闇のように燃える言葉と傷、光のように燃える言葉と傷、おれは失せてゆきながら全身で息を吸い、吐き、吸い、吐き、軋み、軋み、吐き、裸光の脈をつかんだ。絶えざる想いの故郷をいつか、潰しにゆくことになるかもしれない。おれが愛する人がみな、やさしくあってほしい。おれの手や言葉は、やさしくあってほしい。

残想、核ノ花、散ることなく

絶たれた息の根が、芽吹き、萌え、晩冬の花が咲いた。息をとめると、蝉の啼きが、響きをひろめた。供花を、過ぎ去ることない冬の空へ捧げたい。芽吹くか芽吹かないか、ちいさな蕾を宿した樹の枝をわたしは折った。ひらかない蕾はひらかず、ひらかない花びらに、悔いと、罪とがわたしの白い息を咲き、天へ昇りきることのできないものばかりが、いとしく、禍々しく、切ない。息をとめ、呼醒ます痛苦と、それに呼応する冷たく燃える虫の啼きがいつか、生を実感する血の飛沫く鼓動だった。その鼓動の脈響をわすれてはならない、その誓いが、破られた季節があった。その季節は、他の尽くの季節から拒絶される悲しみを背負っていた。拒絶される悲しみを、季節はもとめている。拒絶された悲しい季節に拒絶され、夏の翼が捥げ、冬の翼がひらいた。おれは飛ばない。おれたちは飛ぶ。おれは飛ばない。おれたちは飛ぶ。時雨れのなかにも、蝉は啼くのか、一ヶ月前、夏、日の射しひろがるなかでは、蝉の啼きは、光の讃歌にもきこえたが、九月も暮れの雨のなかでは、命を棄てたい虚しい熖れだ。何処まで昇る。何処まで、何処まで棄てる命がある。翼のあるものだけがもつ、悲しみは、たかく、深い。

「食べられないために、羽根つけるよ」

「死んだ蝉、すきよ、…、死んだ蝉、飛ぶよ」

「飛蝗もすきよ　蟋蟀もすきよ、…、死んでない蝉も、すきよ」

「飛ぶために、羽根つけて、…、立派な羽根、つけて」

光を見ずに、光のなかでのみ息衝き、去った人、…、わたしは此処にいて、おまえは此処にいて、此処にいない人に重なる息が、動かぬ翼をわたしにさし出す。来るべきはずのない夏が巡り去り、おとづれない。冬が夏に転生して、だから、幻の夏だった。わたしたちは雪原に残った傷の深みに漲った純白の血溜まりに、言葉でしかない枝先を浸す。言葉としてではなく、言葉を刻むため、手折った花だった。三年前の末冬、…、はじまるために終わらされた高台で、…、僧を空と海の名で彫り、芽吹いたばかりの蕾をのせた枝を血は、枝を骨に、…、互いの肌に非咲の花を刻んだ。見ることが、生きることが、幾重にも瞳を剝ぐ。剝がれた瞳に、わたしたちは双刻、より添いを赦されない。あなたのやさしみで呼醒した、見るべきものを失い、仏の怒りに燃える炎の痛みのなかで、…、幻の夏も、転生の冬も、醒めたまま、目のまえにひろがっている。傷にまみれた瞳のうちを翔ける。予感に胸がつまる。永遠を赦されたものは、永遠とともに棄てられた。永遠の拒絶も、赦されたければ赦せ、…、夏の雪原、…、共に生きる日々をつらぬく未完の罪に赦されはしない。死んだ蝉も、今、啼いて、幻夏の蒼空に「飛ぶための立派な羽」をつけて、しかし、わたしの手には何一つ美しいものは残らない。一月半ば、冬のバス停で時刻表どおりには来ないバスを獨りまち、冷たくこわばるわたしの手には何も残らない。

白銀ノ雫、…、終エタ直後、…、心臓、…、ワタシハ獨リ、天カラ降リテキタ子ニ救ワレ、ワタシハ二人、子ニ救ワレ、…、姉ハ殺サレ、…、日々ヲオクッテユキ、…、息絶、…、愛シタイ、…、息絶、…、暮ラシタイ、息絶、家族ハ幸セニ暮ラシテ欲シカッタ、…、二人、子ニ救ワレ、ワタシハイキルモノダ、…、ワタシハコロサレルモノダ、ワタシハコロスモノダ、…、ソシテ、ワタシハワタシノスガタノママデ、転生スルモノダ、…、ハカナイ、永遠ノナカヲ、生キ、死ニ、ソレガワタシノ生域ダ、一月三〇日、銀座、…、二時過ギニ雪車輪が線路をこする鳴りが響いて、線路沿いの路地はもう見えなかったら、…、ただよう海の匂いだけが、幾多もおとづれた藤沢の慰めだった。あの路地のゆくえは見えなかったが、見えないゆくえのなかで、春も、秋も、冬と夏に埋もれている。神、奈、川はもう、遠い。三月にひらいた白い花の群生を雪と見違えた。冬に棄てた永遠をまた棄てた。此の年の初夏に、わたしの神経は、…、肌がふくれ、血の脈に、水があふれ、喉が膨らみ、…、おまえに、無事でいることはできないとわかっていたと、…、見えない路地から、小さな鳥が、舞う光景を、わすれたくなかった。それらすべて、死んでゆくものの息のなかにあったから、イノチが解体されてゆく、不滅の断片、わすれたくなかった。

しじまへ登る。落ちていく。浮いてか、沈んでか、深みへ、螺旋に身をはこばれる。深みへ、深みへ、深みの淵へゆくほどに澄み、からだは失せる。深みの淵は、彼方にある。彼方は、しじまへひろがりをます。淵に手をのばし、淵はからだに絡む。音だけが形をもち、金属のふれあう鳴りが、降る。きみは白い聲を吐いた。関係を断とうと、断たれようと、キレ、キレ、キレと想い、想いをキリ、キレと想いはふくらみ、切断の膨張に、緊張し、とぎ澄まされるふたりの日々は、地に存在できぬほどに重く、膨らみ、天穹にしか居場処をなくした。だけど、天は、空は、おれたちのものではない。

「雪の結晶をつけた蝶が飛んでいるよ、…、うしろよ」聲を指すゆびに、ふりむいたそのすきに、わたしは幾度も息の根を絶たれた。信じないでください、…、聲はそう告げていたはずだった。人の命を絶つための雪の結晶をつけた蝶は、舞う囮だ。聲の残余に、新宿駅西口、白日の夜景が光って崩れた。此処にいないものの息衝く、眩しい熾れの、流れない季節の内側で、蓄積を耐えることができない冬の雪が、裂きあふれ、此処に届く頃には、幻夏は、雪の死骸だ。幻夏の熾れに、燃えて落ちたすべての蝶は、雪の死骸だ。光る、死骸だ。「蝉はもういないね」そう、蝉はいない。「冬のすきな虫は何」「冬に生まれた虫は何」地を這う、人だよ。地を這う言葉だよ。二〇一一年二月八日の終わりから、同年同月九日のはじまりにかけ、わたしはあなたとのベランダに出、八日の夜から降りつづいていた雨は、霙に変わっていた。その日の午後、千歳烏山の寺町で、背に子をおい、車輪の上、流れ、樹の梢の先端に宿る鳥の群をおもいだし、霙が重い泪のようだった。わたしは多くの鳥が休んでいると言い、やさしく苦しい子は鳥が鳥に見えなかった、鳥が樹の莟に見えたのだと言った。わたしは言葉を抓まれ、鳥は、西日に染まる空に咲いた。そしてそれをおもいだす今、霙は鳥の死骸だった。

幾ヶ月かが過ぎ、だが、何も過ぎず、おまえと見た鳥の群、…、西日、わずかに潮の香りの流れる藤沢、鳥の囀り、囀りにうつりこむ藤沢駅、夕刻、大船、江ノ島へ向かうバスを見ているふたり、バスには乗らないふたり、その空に、鳥の群が旋回し、さえずりを撒き散らしていた。空、…、気、ノ、…、燥、ヨリ、…、全国各地デ火災ガ、「本当にたすけてほしかったのは、今でもこれからでもないのに」二〇一一年一月二十八日四時半過ギ、風ニ靡ク衣ニ西日ガ透ケ、空、…、気、ノ、…、燥、ヨリ、…、全国各地デ火災ガ、…、雀ガ群レテ、滑空、…、炎ガ、灰、炎ダ、「もう、救われないと知っている、…、別の光が必要だ」「あなたのことがこわい」

あなたの衣をいただきますと、…、剝ぎ、塵雪へ、…、八月、七月、八月は、…、結びつけられている。「あんなに密になって飛んで、…、羽と羽こすって落ちたりしないの」と、鳥は落ちないし、死なない。「雨みたいだ、…、見ろよ糞がぼたぼた落ちてくる」とわたしは、白いものばかり見えていた。白い藤沢、白い命、白い夕日を見て、狂うほどに眩しく悲しい、それを、おまえが見ていようが、見ていまいが、知ったことではない。瞼にかかった雪の重さが、それでもまだ軽い。重い空が重い。わたしたちはふたつの擬似名を犠牲にして、失せてゆくものが放つ光が、未だにこびりついてはなれないが、それをぬぐおうとする手を、おまえの手で握り潰してくれ。光ハ、何ヲ焼キ尽クシテシマッタノカ、雪ハ、何ヲ埋メ尽クシ、何ヲ露出シテイルノカ。冬に死んだのではなく、冬が死んだのだと囁きながら、夏の日射しと、…、彼岸から此岸に絶え間なく届くその熾れが、月を宙に浮かべるから、わたしたちは、天を、むいていた。「生きていても居場処なんてない」

ふたりの太陽、ふたりの月が刹那に重なり太陽はふたつ、月はひとつ、…、光らない光を照り返す瞳に、白い血が降りしきって、…「光景ハ白ニ埋マッタ」数珠をさがしに歩いた夜に降った小雨、…、傘は、液をしのいだが、光で折れた。太陽はふたつ、月はひとつ、…、

月はひとつ、…、花も、折れた。同刻、わたしは、誠実でありたいとのぞんでいた。わたしののぞんだ誠実は、わたしの言葉を壊した。言葉の壊れは、誠実の希求に起因する喪失と比べ、軽い、軽すぎる。だが、誠実に遅延して、わたしにおとづれた言葉の倫理は、重く、蒼かった。重い空は、重いよ。重い空は、重い。わたしは壊れた言葉をもって、ふたたび喪失と悲しみの相殺を無化していた。

原動、地へ
原動、地から
原動、地が

雪ヲ信ジタタメニ、…、命ヲ奪ワレタ、…、深イ雪ノ中ニ突キ刺サリ、鈍ク、ソレガワタシノ悲シミダ、…、ハカルコトノデキナイ、輝度、…、神ヲ信ジタタメニ、…、欺カレタ、…、家族ヲ、ウバワレタ、光墟ガ射シ、現在今日モマタ日ハ、高ク昇リ、…、最高点ノ太陽カラ、正午ノ、…、ヲ、浴ビテイルアナタハ、正午ノ光ヲ、壊シ、…、ソノ悲シミヲ、第二ノ、正午ニ、定メタ、正午ノ日射シハ永遠ダガ、第二ノ正午、ノ、…、ハ、半永遠ダ、…、帰国スル、…、大阪時代ニ、…、日本人ノ妻、…、娘、…「粛清」…、九年目ノ秋、無実ノ、…、逆罪ニ問ワレ、…、夫人トモニ、…、銃殺、…、レタ、…、葉ガ、…、虚シク、響ク、…、響ク
未明の内にとじた季節を感じ、…、映画を見ようと、小田急線南町田駅、新興住宅地か、…、わたしたちは白い街並みの喫茶店で昼食をとることができず、わかれ、獨り、獨り、別々の昼食、後、ふたたび逢い、秋の日が射し、暑さが疎ましく、刹那の軋轢に息がつまり、…、吐いて、吐いて、汚れた、…、映画がはじまり、…、何人も何人も人が死に、男が女のために女を殺して、悲しいことなど何もなく、命が絶たれ、悲しい光景ばかりが流れ、その悲しみや死は、わたしに何もおもいださせることはなかったが、昏く蒼い海沿いの道なりを、はしればはしるだけ死に近づく、…、わたしは、隣に座り海の光景に染まるきみの瞳に収斂する悲しみを、…、不忘の海に棄てた。海が、燃えた。海が燃えて、ようやく、わたしはわたし自身の悲しみをおもいだしていた。
二度としません、二度としません、二度としませんと、吐いて、吐いて、吐いて、積もらない時のようにそれは真実で、だから、ふたりの径庭を破棄する言葉にはならなかった。

二〇一一年一月十六日、沖縄、東京ト都心ヲ除ク、日本全域ニ、雪ガ降ル見込ミ、オマエノ手ガ、彼処ノ手ト、カサナリ、此処ヲ、裂キ

ツブス、オマエノ目ガ、彼処ノ目トカサナリ、此処ニハ届カナイ視線ガ透間ヲ埋メル、…、真ノ彼処マデ、真ノ彼処ヲ、ト、ト、ユ、ユ、ルル、…、サイ、オマエハオマエデナクナルコトヲ、…、ユ、ユ、ルル、シシ、…、包含、包摂、摂取「こそばゆい故郷を棄てて、…、東京も、神奈川もおなじだったから、…、帰る処はない」二〇一〇年末、…、神、ナ、川、ヲ、去リ、…、フタツメノ東京、イツメノ東京、…、真ト彼方ト、此処露、コ、殺、心ノ発光、…、ワタシガ見ナイ光、ワタシガ浴ビナイ光、…、オマエガオマエヲ息スル光、…、此処ニイルコト、ノゾマナカッタカラ、此処ニイルコトヲ、…、オマエノ身体ノイクラカハ、モウ、光ニナッテ、滴ッテイル、…、光液、聲液、瞳液「二月になったら、今年も雪は降るんやろか」


「わたしは、きみのために、きみを赦さない」

「きみは、わたしのために、きみを赦さない」

夜の片瀬江ノ島で、ひらいた目を、幾度もひらこうと、…、剝がれた瞳に宿る光は蝶を、千切り散らしていた。二〇一一年一月二十一日、中央線八王子駅、豊田駅から臨んだ空は満月、同年同月二十六日、八王子の空の月は欠けていた。わたしは、もう淋しくても、仕方がない、…、淋しくもない。淋しくもない八王子の空は、冷たい。故郷としたい此の地は故郷とはならず、わたしの故郷の大阪は、死にまみれている。

わたしの死は故郷の大阪にまみれている。

ツキハトキ、ツキハヒトキ、…、正午ニ破レタ月カラ、滴ル、滴ッテイル、…、子午線ニ重ナル星カラ、滴ッテイル、…、ホドケタ骨ノ腕ヤ、イツカ見タ翼ガ、雪ニ刺サッテ、ワタシモ、八王子ト新宿デ、…、カエルトコロハナイ、…、キミノ内部ニ、呪縛、サレテイル、…、半液状ノキミヲ、キミ自身ガ救済スルト、…、空ニ雪ガツモル、…ダカラ
「故郷に、雪が降ったと、母から連絡があった、…、そして、いつ帰ってくるのだなんて」
天空、救、ワレルコトノナカッタキミノ滲ンダ雪ガ、今年モ、降ルノダロウカ、雪ノ降ラナイ東京ニイタ二人ノ、別ノ故郷ハ、雪ダッタ

一九九〇年代前期、二〇一〇年代前期。大阪に、帰る理由は、ない。

大阪、淀川河川敷に、路地に、徘徊する犬の群を見た。見られた。市営バスに乗り、祖母と伯父の棲処を訪ねた帰路だっただろうか。保健所が捕らえたのだろう、信号待ち、停車するバスへむかい、三十四、五十四はいた、…、曲がりくねった高架下、フェンスに区切られ

ただけの暗がりに押し詰められた犬の群れの咆哮が、響いていた。咽ぶ咆哮は、西日を破り、車道の喧噪を破り、届いていた。咆哮にまみれ、涎にまみれ、西日にまみれ、舌にまみれ、糞にまみれ、昏い。瞳だけが、光を反射し、それでも、昏い。フェンスの囲いへも、故郷の川のせせらぎは届くだろう、だから、故郷の川は今、西日のなか、黒く、輝いている。もう、すべての犬は、薬か何かで、殺されたのだろう。死んだ獣が、わたしの故郷の川を翔けている。飛沫く川、…、死の飛沫を浴び、死んだ獣が、わたしの届かない大阪を翔けている。ひとつ、またひとつと、獣たちは、死を赦されない翳んだ烈日に、かちかちと牙をあわせ、空を咬みつきながら、地を剝ぎ昇りゆく川からひろがる、梅田、曽根崎、十三、旭区、…、故郷の大阪を翔け破り、…、だから、咆哮は、やむことはない。幾多の目と、幾多の聲をもつひとかたまりのイノチが、白昼の月へ届き、わたしは言語の美しさに沈みそうな東京で、おまえと月を見あげている。犬は死なない、だが、おまえは死ぬ、いつか、そうだろう、…、人を殺めた言葉は死なない、だが、おれは、死ぬ、いつか、そうだろう、…、そうだろう。故郷ではない川の水にゆびを浸し、流れを裂いて、…、大阪に帰る理由はない。帰るための大阪は死に埋もれ、時折水が流れる。

「そっちの夕日もきれいか、…、夕日、きれいか、…、そやけど此処はとくべつきれいやからなあ、…、そうや、あんたも覚えてるやろ、…、あんたのこと、よう呼んだもんなあ、…、夕日、きれいやで言うて」

さらに深淵をもとめて、…、水が流れるせせらぎ、幻の水位、冬の川、寒い聲、遠く冴える蒼穹。水は枯れる。濁り、澄み、滴る、何を言っているのかはききとれないが、…、おもいだされたことは、生家でききつづけた川のせせらぎだ。公営団地の四階だった。団地の前を、フェンス一枚隔て、安威川が流れ、その流れを番田水路がおおきく沿っていた。それが、双の川だと見えた。水のせせらぎは、日がなとどいていたのだった。それに気づいたのは、東京に出、帰郷したときだった。水の流れが地上四階の生家を、浸していた。水の音はたえることはなかった。塞ぐことを赦されない。おそろしくなるほどの水の音だった。幼い頃、母は、窓から夕陽を見つけると、わたしを呼んだ。「こわなるくらい、きれいやねえ。今日の夕日の空見てると、…、その空にもうひとつ、むこうの世界がある、…、そうおもうわ」あの頃、母は若かった。今、濁り、沈む日を浴び、窓辺に立つ母をおもった。

黄昏の光に晒され、川は、夕の色に染まった。双の水流、そこを流れる水そのものが、輝いて見えた。雲も、川も、土手に繁る草々も、朱に染まっていた。「綺麗やねえ」見あげる母の横貌が、刹那の空と繫がって見えた。夕の風にそよぐ草々の光を、きいた。

水の香をかぐことが穏やかな呼吸を導いた。水の香をかぎ、ただ生きてゆくための命の蠢きをさがしていたのだ。穏やかな呼吸を終わらせなければならない事象が幾度となくわたしやきみを襲った。そんなとき、穏やかな呼吸をつづけたいとおもったことはない。わたしたちの呼吸はみだれ、みだれ、…、赫く刹那の空と繋がる横貌はもう、母のそれではない。

残想が今はなき真情であったとしても、非在の耐えがたく、それでいて喪失を拒絶したい異様な重さは、連続することでかろうじて繋がる現在の直接の重さそのものであり、その重みで軋む言葉がもし、詩語になりうるならば、その重みにおいて、現在ではなく、現在を内側から壊す言葉が軋み、軋みそのものに抗い、聲に文字に刻まれるときにおいてだけだ。切実に届く、切実さから届く言葉にだけ、わたしは生きたい。生きて言葉を刻みたい。

真想、破戒律
不動、空が
不動、空から
不動、空へ

原動、地へ
原動、地から
原動、地が
残想、核ノ花、散ることなく

（破天）、…、母なる故郷のために、わたしたちは還ってきたと、わたしは言うことを赦されない

母なる故郷のために、わたしたちは還ってきたと、わたしは言うことができない
母なる故郷のために、わたしたちは還ってきたと、わたしは言うことをできない

故郷への慟哭は、郷里ノ川底から掬う双手ノ水、渦輪に千切り、生存ノつづき、それは破戒、
故郷への慟哭は、郷里ノ川底から掬う双手ノ水、渦輪に千切り、生存ノつづき、それは破戒、

祈誓ノために仰ぐもの、それが天であることを赦せなくなることがあり、
祈りは天ノ淵、その非命を護る域により殺滅、誓いは祈りの破砕にまみれ、
その重き聲、重き音に下降する、落下する
ひらけゆく空ノ東に群がる蒼き祈りの異族、
吊りあげられる古への連珠ノ云われを、血ノ繋がらぬ子々ノ棲処に結わえ、
愛を壊すひとり、ひとり、ふたりノ現在ノ連理は、幾多の犠牲をしいる、…、
とじようとも蠢く空ノ東に群がる蒼き祈りの異族は、みながおなじ火に焼かれることに、
「予言はこうつづく」や「死を誇りに想っていた」と聲をわたしたちに降らせ、
此処で、傷跡が絶えず、血ノ繋がり断ちつづける言葉と、今此にただ、きみがわたしがあることの、
悲しみや罪を、何処にもはこびゆかない祈り、祈らずノ騒乱が、子への庇護をとく
救済が天であることを赦せないきみは、還る地を見失い、見定めればたかくなるばかりの天を瞳に破り、
焔だけが、きみの帰還をまっていると囁いていた

（破天）、…、

轟音を、膿んだ光が、浮遊ノ宙黄泉で炸裂する
　天の破れた故郷を見失うわたしは、非地に暮らす父と母を、此処へと迎える
　父は、天から断ち切られた空ノ束に群がる蒼き祈りの異族ノ国からもどり来る、
　母は、死の悲しみと、悲しみの死が氾濫する川底ノ柔らかな山寺からもどり来る、

母なる故郷のために、わたしたちは還ってきたと、わたしは言うことができない
母なる故郷のために、わたしたちは還ってきたと、わたしは言うことをできない

連珠ノ戒律から川に流れる一滴の残血が、祖先なる人々に疼く翼々
連珠ノ戒律から川に流れる一滴の残血が、子孫なる人々に疼く翼々
　わたしたちは壊れるだけだった、…、壊すだけだった、…、血族の呻きがやむまでは、
　わたしたちは壊れるだけだった、…、壊すだけだった、…、血族の呻きがやむまでは、

死者を越え、生きたものに祈ること、鎮魂を捧げることはわたしを供花に転生すること。しかし、痙攣することしかできなかった。転生ノ式は私祭をもち生みだされるとおもわれ、息衝く言葉に残想が母を呼ぶ、父を呼ぶ、…、それでも愛がたりない、愛がたりないと、痙攣することしかできなかった、…、わたしたちはただ、重き聲、重き音を浴び、痙攣するしかなかった。わたしは水をもとめ、きみが濡れているのは、生後まもなく耳にしつづけた故郷の川が、膚を裂いてあふれ、きみを浸したのだろうと、きみを啜り、膚ただそのためだけにあり、唇はただそのためだけにあった。水はただそのためだけにあり、在ることの幾多の悲しみを、川に記す。言葉に、川は、天へと昇り、…、昇り、天地のあわいで、裂け散り舞う、
　裂け散り舞う、
　死鳥がそれを浴びている、
　翼々、…、痙攣、そして、

轟音を、膿んだ光が、浮遊ノ宙黄泉で炸裂する

轟音を、膿んだ光が、浮遊ノ宙黄泉で炸裂する
きみは、…、此処にいることを知らせない、知らせてはならない

母なる故郷のために、わたしたちは還ってきたと、わたしは言うことを赦されない
母なる故郷のために、わたしたちは還ってきたと、わたしは言うことを赦されない

(破天)、…、忌々しい
(破天)、…、これほど膺が忌々しいなんて、…、火を灯し、
(破天)、…、灯された火を絶やせば、流れる刻は刹那にとまる、
「まだあの曽根崎、わすれられへんの、…」黄泉ノ淀川ノ水ノ氾濫する区域、…、
天神橋、天神橋筋六丁目、地下なる営みへ、父なる人よ、父なる人よ、…
大阪、梅田、東淀川、十三、崇禅寺、淡路、上新庄、相川、正雀、南茨木、総持寺、高槻、
(キ裂)摂津、天満、桜ノ宮、天満宮(キ裂)住吉、我孫子、南巽、鶴橋、千林、千林、
千林、天神橋、梅田橋、淀屋橋、心斎橋、鶴橋、…、
「まだあの曽根崎、わすれられへんの、…」黄泉ノ淀川ノ水ノ氾濫する区域、…、

破天、…、忌々しさが鎮守の山に木霊し、鎮守の光を浴びるだけ浴び、やさしさへとかわる刻、光は膿み、追悼は、父を抱き、母を抱く、
血族を繋ぎ、生存ノ忌々しきつづきを繋ぐ橋を、膿んだ光が裂く、
膿んだ光が裂く、

故郷への慟哭は、郷里ノ川底から掬う双手ノ水、渦輪に千切り、生存ノつづき、それは破戒、
故郷への慟哭は、郷里ノ川底から掬う双手ノ水、渦輪に千切り、生存ノつづき、それは破戒、

連珠ノ戒律から川に流れる一滴の残血が、祖先なる人々に疼く翼々
連珠ノ戒律から川に流れる一滴の残血が、子孫なる人々に疼く翼々
わたしたちは壊れるだけだった、…、壊すだけだった、…、血族の呻きがやむまでは、
膿んだ光が裂く、
膿んだ光が裂く、
父は、天から断ち切られた空ノ東に群がる蒼き祈りの異族ノ国からもどり来る、
母は、死の悲しみと、悲しみの死が氾濫する川底ノやわらかな山寺からもどり来る、

母なる故郷のために、わたしたちは還ってきたと、わたしは言うことを赦されない
母なる故郷のために、わたしたちは還ってきたと、わたしは言うことを赦されない

轟音を、膿んだ光が、浮遊ノ宙黄泉で炸裂する
轟音を、膿んだ光が、浮遊ノ宙黄泉で炸裂する
きみは、…、此処にいることを、父母に知らせたい
血の呻きがやんでもなお、…

美しくもない翼の屑、骨の日々

黙示を裂く翼、容赦ないうらぎりのやさしさが、雪を喰っていた
姿なき鳥の、美しくもない翼の屑、新宿駅西口、下層区街
蜻蛉が、飛び、朝ノ日がその羽を奔る
今、それを、美しいと想ってはならない
そう、美しいと想ってはならない
そして、路上生活者が「屋根をくれ、仕事をくれ、これはデモではない
此処にはたたかう野宿者がたくさんいる、これは反政府の抗議ではない、…」と叫び聲をあげ
それは群人には届かず、罅割れた都市の営みには届かず
街を天からささえる蒼空にだけ、かろうじて響いた
しかし、やはり美しくもない
此処デハ翼ハ屑ダ、非在ノ首都圏ノ屑ダ
美しくもない聲の隣には、若いおとこたちが集まり手にした缶の酒をあおり
瓦礫の撤去、…、三ヶ月、そして、生活を立て直すのだと脆い誓いを腐らせている
美しくもない翼の屑は、何ものをも、飛翔させせない
二〇一一年八月二十八日午前七時、おれたちの街、きみには似あわない街
半下層区街の平日午前の雑踏のなか、すこしうわむき、鳥に言葉をサス人
だれも戦っていないじゃないか、だれも、だれも、戦うことができず
神性ノ無を受肉した人々ノ形骸
死ねない光は、下層区街地下空洞を侵蝕し

光に絶対転化しないものがそれを浴び、窒息しながら上層区街へと昇ってゆく
飢餓が雪から白を剥離し、底なく赫い言葉が美しいと
子どもみたいにほほえむきみが、手と手で羽雪をとじている
真空地帯、…、飛散した骨、神経、皮膚、爪、翼の原野に残された耳輪のわななき
三十幾ヶ月、美しさへの嫌悪を膺心に重ね、獨り祈るものは
神が神であるのは、神ならざるものに対してであり
神そのものは神と神ならざるものとの相対を絶していると
憎しみを絡めた手を、天へ突き伸ばす
まだたりない、まだ、まだ、たりないと
悔しさに、ただ、悔しさのためだけに
光に絶対転化しないものを信じた朝は明るい
光の光
光の光
光の光
その眩しさに痙攣するきみを、愛していた
一九五〇年の蒼穹を、…、二〇一一年十一月二四日、福島、朝七時、雨降る
一九五〇年の蒼穹を、…、幾十年も痙攣しつづけた膿んだ蒼穹に慈悲が生まれる
封殺の連珠、その終末の棄神
封殺の連珠、その終末の棄信

遙かなる光郷ヘノ黙示

I

冬羽靡き生死結わう血界面、その波濤に劫初の匠は舞塵となり、月落つ

わたしの川が天にたち、あなたの川が天にたち
　川は光芒を残している
見なさい、
見なさい、
川は月にまで届き
月の天の闇の蒼穹を流れる
舞うことは、今此の月を踏みしめながら
歌を、生へ還すこと
　ききなさい、
ききなさい、
月から仰ぐ日の輝きの香が水底の石に名残り
わたしの川が天に、あなたの川が天に交叉する

冬羽靡き生死結わう血界面、その波濤に劫初の匠は舞塵となり、月落つ
夏羽靡き生死結わう血界面、その静寂に劫末の匠は舞塵を吐瀉し、月昇る

きみは、恒久の夏の国土、国空に棲まう神息構造の顕在形式を身体現在に内包され、此の世に放たれた。四半世紀にわたる中部および関東地方での、限りない都心のひろがりをうつす瞳、…、うつされた都心が瞳をかみ砕く惨劇のなか、きみは〈言語ノ区域〉に自身の神息

構造を封印したことをおもいだした。遙かな記憶によって、封印を破る。

　おまえは、血のわたしを喰って、吐く光を掬う

　わたしは、血のおまえを喰って、嘔吐する光を言葉で汲む

神息構造の顕在形式は、きみの身体を、真に独立させることだ。そこには調和があり、音階があり、きみの生存が生みだしつづけた犠牲、傷、罪との和解がある。きみの身体は、現在内部の光につつまれる。きみの身体は、現在外部の光にもつつまれる。わたしがきみを見ること、それがそのままわたしが〈遙カナ連珠〉を見ることと同等のものになる。わたしがきみにふれることがそのまま〈遙カナ連珠〉と手を結ぶことになる。きみのゆびは、水だ。そう、膿んだ水だ。膿んでいるから、不快に美しいゆびは、命だ。わたしは、浸る。きみの命の臓腑は、水だ。わたしは、それに浸る。花が、わたしをとおり、きみの水を流れる。それは川につづいている。それは〈恒久ノ夏ノ国ニモ届ク雪〉につうじている。雪が舞うのは、神息構造の顕在形式の舞踏を、きみが月の東京で舞ったからだとわたしは〈言語ノ区域〉に叫び告げる。未明のような白昼に、わたしたちがいる東京の上空を、月の東京がまわっている。おまえは此の地、月のどちらの東京にもいて、だから、選択される。

　きみは、血のおまえを喰って、死光になる

　神息構造を司り羽撃く鳥は光、光の鳥、予言の血を吐く

　その鳥は、おまえの死を見つめている、おまえは死によって選択される

八王子の川へ、あなたは、あなたのかけがえのない友を呼び、神扇をもたぬ掌を、扇に見たて、…、（「体の水を、…」「歓待、…」）川に向かい、舞った。わたしたちは誓うための愛を失い、祈る心を今此の繋がりに見定め、つかみ、棄てつづけた慈悲を、たった一度の喪失にかたどった。輪舞の輪に十月の刃を刺し、一月の輪を絶ったのは、わたしか、あなたか、…〈輪ノ断面、管ニハ虚空の液ガナガレイデ、アフレイデ、シブキサキ、サキ、イデ、イデ〉此の川の流れは、〈真ノ時〉に繋がる流れだと、わたしはあなたの冷たい手を抱きしめ、あなたはわたしのやわらかな骨を抱きしめた。水に宿る光は、悲しみでしか繋がることのできなかったわたしたちが信じたただひとつの掟だった。

光覚を凍結された舞塵のなかで誓ったわたしたちの無慚な夏の結婚、
剎空に命をとどめたひとつひとつふたつの心臓

此処に棲もうと、此処にふたりで暮らそうと、…、浅川という名を知り、水無瀬橋という名を知って「わたしの実家の近くにも、川が流れていた」と、あなたの幼い川と、わたしの浸った淀川と、ひろがる都市に逆流した川とを尽くの非計の光軸とし、血流となるまで罪を廃棄しなければ、共に生きることができなかった。十一月の名も知らない川辺は、立枯れした草々が傾きはじめた日の光に浸り、幾多の川が壊れた。壊れた川は、空中、全身で絶命し、あなたのわたしを壊した。宙に飛沫く水のせせらぎに浸り、神息構造の顕在形式が壊れた。水の音の上に流れる蒼い川に十ヵ月後の今が浸り、苦しいあなたがひととき壊れた。壊れて、壊れて、壊れて、ただひとつの幸せが転生した。それは罪の記憶を前世のものとした。わたしたちは、罪とやさしみにひとつの名を言葉にし、互いの心臓に非刻した。

非連理の明日に降る雪が、…、剎那、白い血を浴びて、わたしはきみが失うことがなかった残想の構造を何も覚えていない。蒼い川、…、此処で暮らそう、…、言葉が溶けない雪にかわって、わたしは何も覚えていない。うなずかないあなたは、白い血を浴びて「此処よ、此処よ」と、川にゆびを浸していた。

おまえは、血のわたしを喰って、吐く光を掬う
わたしは、血のおまえを喰って、嘔吐する光を言葉で汲む
おまえは、血のおまえを喰って、死光になる

光覚を凍結された舞塵のなかで誓ったわたしたちの無慚な夏の結婚、
剎空に命をとどめたひとつひとつふたつの心臓
夏羽靡き生死結わう血界面、その静寂に劫末の囮は舞塵を吐瀉し、月昇る
光覚を凍結された舞塵のなかで誓ったわたしたちの無慚な夏の結婚、
剎空に命をとどめたひとつひとつふたつの心臓
冬羽靡き生死結わう血界面、その波濤に劫初の囮は舞塵となり、月落つ

膨らむ骨、膨らむ月、膨らむ血、…、

月の川、月の白い血、月の戦禍の圏、
月の大阪、月の故郷、月の東京、月の営み、…

II

天に断罪が結ばれるとき、痛苦ノ雪が剝れひらく瞳いちめんに降り積もり、心が心をとどめる

月が砕けて、生ける尽くのものに、源からの悲しみが、降る。

屹立する日々の営みは、死者の息吹に埋もれている。月剝を浴びつづけるわたしたちの生存、その持続が必要とするものは他者の空域を侵す双手ではない。息衝くわたしたちの刹那を、天にも地にも還すことなく、時から追放する場処、…、死者はそこで、現在も、きみとおなじ呼吸をつづけている。きみの吐息が、あたたかいのか冷たいのか、…、そばにいて、そばにいたい、そう囁きながらきみの吐息を吸うわたしの呼気が、死者の密度を覚える。此処は重い。此処は、蒼空が、重い。手を重き蒼空へ、届け届けと、突きさす。わたしは距離に阻害される。生と死の透き、…、呼ぶことによってきみはその距離を廃棄する。時は廃棄された距離のなかで、死者の密度で枯れた花が死者の子孫に献ぜられ、月に凝固する。「雪は、廃棄の使者だ」きみはそう言いながら唇をわたしの髪に撫で、雪原を裸足であるいた。月は時、時は花、花は月光、おまえはそれを浴びるのが嫌いだったね。月は、血を欲しているのだと、わたしに教えた。月が息をしているのは、そのせいなんだと、きみはわたしに教えた。雪をひとつつかみ「冷たさがすき」と光を吐いた。わたしはそれを浴びるのがすきだった。月にも鳥はいるのかとわたしはきみに尋ねるが、きみは月の欲する血のことばかりをわたしにきかせた。宇宙の片隅に聳える桂のそよぎと、木片が、わたしの手元には残されている。木片が囁きがわたしに知らせるのは、愛と救済と命名の混濁した意味だった。きみはわたしの口癖を真似て、「死にたい」と言うことはなくなったが、同時性の支柱が、わたしたちの骨でしかないことを未だ悲しんでいる。

夕刻が、砕けて月のように浮かんでいる。

天に断罪が結ばれるとき、痛苦ノ雪が剝れひらく瞳いちめんに降り積もり、心が心をとどめる

雪の苦しい冷たさにふれ、汎夏に群生する異空の命光は蠢き裂く
雪が砕けて月のように浮かんでいる。

雪に、廃棄された距離が復古する。失われたはずのものが顕現し、未だ失われずにあるものが今此の凝固を距離の内側に散らした。失われたものとは何か、未だ残るものとは何かを、きみは定められずにいるが、失われたものと未だ残るものの共存の臨界が、またきみに雪を呼んでいるのだろう。此処でならば生きることができるのだと、此処でしか生きることができないのだとしたら、きみは既に、臨界の軋みに、性を失効されはじめているのだ。唇がかわいている。この雪原にあってはおまえがすきだったもの尽く、わたしは愛しい。尽くは、この雪原にある。悲しまないでほしい、苦しまないでほしい、忘れないでほしい、帰ってきてほしい、わたしたちはそう告げる対象と、いつの日からかきこえてやまないわたしたちが耳を澄ますべき聲とを錯乱されている。枝垂れた樹枝をこする風のなかに、二月にしか降ることのなかった雪に、わたしたちの臨界を賭けることでしか、追憶に命は宿らなかった。冬に雪が降ったのではない。雪が降ったとき、わたしたちは喪失の季節を冬と定めたのだ。それが、日の光の断続的な凍結の意味だ。きみは失効された性を、八月に引き延ばされる。
未明が、月の内側で砕けて雪となる。

雪の苦しい冷たさにふれ、汎夏に群生する異空の命光は蠢き裂く

III

祈りの言葉をひとつでも覚えたかった。何ひとつ殺害しない言葉を祈りの言葉と定めたかった。何ひとつ殺害することのない祈りの言葉は祈りを破り、祈りを殺害するただひとつのものとなりうる。「雪が降っていますが、いっこうに積もる気配はありません」と連絡が届いた翌日の夜は吹雪になった。その二日後にわたしは東京都心をすこし外れた〈言語ノ区域〉をおとづれた。あの人が連絡をよこした後、雪は積もりはじめたのだろう。〈言語ノ区域〉は雪に覆われていた。あの人の、はかない連絡の雪は、積もらぬ雪は、性の香がしていた。「これまでのことを、…、此処で何が起こっていたのかを、すこしずつ、あの人の尊厳の外側から、お話させていただきたいのです、…、わたしは、ただそれを話すことのできる対象をまっていました、…、返信は、いつまでも要りません」あの人の話は、返信を必要とはしないが、正当性とは何か、尊厳とは何か、信じているものの過ちとは何かを想起させた。わたしは、血の分岐に裂ける。あの人の囁きは現在の悲しみだが、〈以前〉もしくは〈以後〉に発話される〈言語ノ区域〉で、東京の都心の雪はくらい。目をひらいたまま、…、壁にぶつかりつづけた子は今、元気で暮らしていますか。彼の目は、何を見ていたのでしょうか。あなたには、わからないでしょうね。わたしに、理解できることなどあるのでしょうか。息災を祈るあなたの過去は、現在のわたしだ。瞳の内側の漆黒は、瞳の外へあふれることがある。ひらいた目は、漆黒を撒き散らしていた。撒き散らされた漆黒が、悲しみの母の内側で性に目覚める。性は他者の私有化に還元されることはない。神は、何も私有化できない。私有化の不可能性は、神の固有だ。

濁りなき心域を仰ぎ見、潰された光覚が祈天へ昇る腕茎に絡まり、死が生に転じた秒瞬の立ち枯れ

濁りなき心域を仰ぎ見、潰された光覚が祈天へ昇る腕茎に絡まり、死が生に転じた秒瞬の立ち枯れ

血は、性の錯誤を殺害してくれ。

漆黒を、瞳の内側へ還してくれ。

受け継がれた血と受け継がれなかった血の交通は、〈言語ノ区域〉では常時戦闘だ。蝶や、嫌悪や、鳥や、蒼、…、慈悲、慈悲、慈悲と囁きながら翔ける子は、わたしに愛をおしえました。彼の性が砕け、…、母へ還るのは時間の問題だ。愛と憎しみから別に暮らすことを告げたきみは、今となっては取り返しのつかないものは何なのかをできる限り記述していかねばならない。そして、〈文字ハ殺ス〉。記録の

ために刻まれた〈文字ハ殺ス〉。〈文字ハ殺ス〉に殺害されたものはありうべからざる結合を常態として存続する。祈りの言葉をひとつでも覚えたい。眠りのなかでさえ覚えることのできない言葉をさがしていたのはわたしではなくきみだった。〈文字ハ殺ス〉それは〈雪ハ殺ス〉。あの日、既に此処にいたあなたたちの隠された状態を、わたしは知らなかった。彼らにわたしの記憶はなかった。わたしは彼を覚えていた。子のひとりは、揺りかごのなかで泣いていた。その泪は、ただ無垢な泪ではなかったのだろうか、…、そのとき、既に流されていた血を、わたしは今ぬぐおうとしている。火と水、光と闇、愛と憎悪、…、あらゆる対立項を連結し、繋げる血や管となる言葉をわたしは殺害している。雪は結界をほどく使者だ。それがある一定の期間、異界を呼び覚まし、〈言語ノ区域〉の制御不能性を鎮めるということ。

濁りなき心域を仰ぎ見、潰された光覚が祈天へ昇る腕茎に絡まり、死が生に転じた秒瞬の立ち枯れ
結界、結界、結界、…、蘇鉄にふれた心、汎異空ノ疾く風に祭りを彩る風車
結界、結界、結界、…、蘇鉄にふれた心、汎異空ノ疾く風に祭りを彩る風車
濁りなき心域を仰ぎ見、潰された光覚が祈天へ昇る腕茎に絡まり、死が生に転じた秒瞬の立ち枯れ

此処で起こったすべての惨劇と、此処で起こったすべての愛を、秤にかけるのではなく、愛にすべてを賭ければいい。賭けられた愛は、〈言語ノ区域〉を分離する。愛のままであるものと、愛が別の何かに変容してしまったものとを分離する。あらゆる分離は沈黙のうちに完了し、その事後に、痛みがおとづれる。痛苦の発症には、個体差があり、発症の過程のあらゆる側面での差異が愛や憎しみを他者への分配可能なものとする。発生の直後から、痛みを耐えるきみは、まだ痛みの発現しないわたしを憎み、きみが鎮痛したのちに発症した痛みを耐えるわたしを愛することになるだろう。すべては遅すぎ、すべてははやすぎると言うおまえの言葉が腐っている。言葉の外側でおまえの悲しみも腐る。今、頼むから何もしゃべらないでくれ。黙祷の静寂は、魂の真の響きだ。〈言語ノ区域〉に降る雪はそう告げている。雪の降る日、および海のあふれる日にだけ、あなたたちの痛みは繋がるのだと、わたしは信じていた。雪が積もればこの区域は言語を失うのだとわたしは信じていた。癒えることのない痛みがきみの命であると、きみは結界に手をのばし、宣言しなければならない。結界を握り潰せ。

Ⅳ

幾多の祈りが、地に染み、…、遙かな子々が翔ける結界をひろげる
連珠の末裔に降る透いた雨は、生死を水底から鎮め
祈りの律動は、地からふたたび昇りたつ

中空で絶たれた螺旋命の眩しさに咎められし言語慈悲、明日歌ノ心臓、生誕ノ刻印、地に結わえられ
中空で絶たれた螺旋命の眩しさに咎められし言語慈悲、明日歌ノ心臓、生誕ノ刻印、地に結わえられ

雨が、降っている。落ちる雫はつつましく、雨音をたてることもなく、静寂をはこぶ。雨は幾度か雪にかわり、きみはわたしにかかった雪を払い落とし「また雪に変わった、また雨に変わった」と囁く。囁く吐息は白い。きみの手は雪よりもあたたかい。あったかいよ。わたしは音なく降る静寂の雫を見あげる。わたしの瞳は苛立ちを宿している。悲しみを、寂しさを、憤りを、宿している。今、此処に、ある、…、ただそれだけの事実が分泌する心情の尽くが、わたしの脈を、こする。わたしの心情の尽くには、罪が、息衝いている。耳を塞がれたような静寂の中で、祈りが、息衝く罪の内側で、軋んでいる音がする。「今になって、…、嬉しかったのだと心から想う」「また来てほしい、…、もう一度来てほしい」「さわらないで」多くの日が雨だった。今、こうして目にうつる雨か、雪の一粒一粒の揺らめきを目にしながら、過ぎ去った雨の光景をおもいだす。落下する雨が、生存の瞳を濡らし、罪深い心情の熾れを冷やす。きみはうつむく。わたしはうつむく。しかし、うつむくための地はもはやない。うつむく代わりにと仰ぐ空はたかく、たかく、たかく、たかく、雨雪と、その静寂が、距離と時を失効させている。わたしたちの日々には、祈りの対象が隠蔽されている。しかし、静寂に濡れた生存の瞳には、それがかろうじて見える。

だから、瞳が痺れる。痺れる瞳が、祈りの痛みにふれる。

きみも、今、そうだろう。わたしたちの〈以後〉の日々には、憎悪せねばならぬ対象が、失せてゆく。わたしたちは、ゆき処のない憎悪のために、わたしたちの衣類を棄てている。裸の冷たい手に、裸の骨に、おまえはあたたかい。静寂の雨がわたしに落とした虚しさが、わたしの生存の理由であり、静寂に吊りあうだけの虚空に、もしくはそれが叶わぬならば尽くの心情を破壊するだけの轟音に収斂するようにと、祈る。祈りは届くべきものに届かないとき、狂って腐る。おれたちの誓いは狂って腐りつづけた。わたしは、祈りの呪言を、〈雪〉に託している。

だから、言葉の冷たさに痺れる瞳をもてあます。祈りの冷たさに醒める。

きみも、今、そうだろう。祈りの呪言が静寂か轟音に収斂するとき雪は〈雪〉に届く。結わえられた因果の成就、結わえられた祈り雪の日に、吊り下げられた祈りの形態を瞳に刻みたく、わたしは、雪のなかをあるいていた。雪の祈りを、わたしは雪のなかでなら、雪のきみを、救いたかったから、雪の舞う、積もる雪の、白い雪、月から降る雪が、二度目の八王子には降り、結わえ、…、ほどけ、結わえろ、ほどけろ、…、東京の雪原で、裸体のきみはいない。わたしの瞳は、祈りのみを、ほどく。祈りは、行為を照射するものではなく、行為の内側から行為の意味を破壊する。わたしたちの祈りは犠牲を必需としないが、行為のもつ多義性の一部に起因する犧牲の前で犧牲の形態が祈りそのものの形態となりうることを見つめなければならない。わたしたちの祈りは、聖とも超越性とも、無関係でありつづけなければならないと、わたしは刻む。

中空で絶たれた螺旋命の眩しさに咎められし言語慈悲、明日歌ノ心臓、生誕ノ刻印、地に結わえられ
中空で絶たれた螺旋命の眩しさに咎められし言語慈悲、明日歌ノ心臓、生誕ノ刻印、地に結わえられ

神の花をやわらかな唇にあてがい、ほほえみ、やさしい言葉で、その花弁を燃やした。それがきみの同意だった。わたしはそのことに気がつかず、きみが祈りを棄てたのだと、夏の花を八王子駅前の高層マンション屋上の庭に植えた。風が、赫かった。祈りは救いをもとめるものではない。祈りは因果律を生成することも、消滅させることもない。それは、因果律の外側にあり、摂理に関与するものではない。わたしたちの祈りは、わたしたちの生存が死の瞳を宿し、生の息および、息の変成の結実体の尽くにむけられている。祈りにおいて聲は、行為同様、発せられる言葉の意味ではなく、聲を支える息そのものを内側から喰い破るものだ。祈りのない日々にも雪は降る。雪は祈りを喚起する。風が、赫かった。赫い風を、…。雪は今、降りつづいている。

祈りの中で、〈生 - 死〉を想えと、わたしは幾度も、烈しく、呟く。

V

わたしたちの日々の営みに形をもたず迫り来るものがあることは、すでに確認されている。それは否形であり無形であり、あらゆる姿、形態、形式を限定的にもつことができる。存在の限定は、時間軸の流動域であり、それ自身は本来、時間軸に属さない。それは、わたしたちの日常に幾度もすがたを現してはいるが、常に来るべきものとして存在している。来るべきもの、それを天使と呼ぶのか、神の影と呼ぶのか、生かすものなのか殺すものなのか、きみは躊躇いのなかでそれの影が伸びることのない空に、太陽に似た悲しみを打ちあげている。それに対する命名権は、きみにもわたしにもなく、名が宿るための関係のなかにだけある。名をもてば、それは、無形のままで性を分泌する。ひらくことをやめ、とじることをやめ、性の呼吸の液にしがみつく傷跡を剝がし、ついにおとづれた淡い静寂の日々を終わらせる時がきたのだとそれは告げる。わたしはそれを影の視覚で確認するために、たかさを求める。地上十二階の人の群のなかに立ち、わたしは高度を確認する。どれ程地上から遠ざかろうと、わたしは地との繋がりを解き放つことはできない。あるのはただ、生存を持続するための高度と、生存を断ち切るための高度と、死と生存の理由に帰さない高度だ。落下する生存と、飛翔する生存とが、同等の高度から発せられた聲であることは、幾多も経験した喪失がわたしにおしえた。落下する生存、落下する純音、落下する光、落下する死、落下するきみ、…、飛翔するきみ、飛翔する死、飛翔する生存、…、尽くは高度に含有された意味だ。きみは、落下と飛翔の非持続性を失効させようと、息を潜め孵化する以前の血をきみの幼い心臓に宿らせる。きみは贄がたりないことを知るだろう。きみに宿った血が、贄を際限なく欲することを知るだろう。それは太陽を正午にとどめる儀式であり、子午線を切断する儀式であり、わたしはそのための生贄になることを厭いはしないと、きみに伝えたかった。きみはきみの幼い心臓に宿りはじめた血との共生をうたう。奪われることのない理性を、日々失われる記憶を、わたしに伝えるために、こうして今も、とじた手をひらかないでいる。手をひらくことなくうたっている。きみのゆびは、あふれる悲しみに血まみれだ。きみのゆびが血まみれになれば、わたしのゆびは、血まみれだ。きみの歌は二つの生存に血まみれだ。ふたりに滴る血からは、因果律の始祖が、輪廻のときをまっている。そしてまた少し、それは膨れあがる。きみが悲しみのなかで歌うのは、絶え間なくおこなわれる殺戮の歌だ。殲滅の歌だ。終わった愛の永遠の歌だ。春はまだ来ないのか。冬はいつ終わるのか。あの国では、夏は永遠だ。神息構造が、日の光の内側からきみの言葉を組み替える。きみはきみを終えるために、神息構造のあるがままに従う。それはときに人の言葉を話す。言葉のひとつひとつ、尽くが啓示として届くのは信仰の由縁を保持するための非神息構造だ。それは、常に夏も冬も春も、季節を終末過程のひとつに誤認させる。わたしは永遠の夏から零れ落ちて、きみの帰りをまつだろう。此処はまだ冬です、此処はまだ春ですと獨り、季節を錯誤しながらきみをまつだろう。きみが帰ってきたときは、きみとわたしのおもいでの数々を、きみに見せたい。言葉が、言葉を生まない、たった一度きりの存在喚起にきみの記憶を信じたい。わたしは、手紙や、骨や、音楽、衣類、そして語りあった幾つもの未来をあつめて、永遠の夏から落ちてゆくんだよ。そしてまたすこし、きみとの季節はひろがる。

八卦、今、砕散し、因果ノ膿光、雨のごとく視覚言語を殺害せよ

八卦、今、砕散し、因果ノ膿光、雨のごとく視覚言語を殺害せよ

異-情を母とした信念が故郷の時を喰い破るまで、川の叫びは今へと迫りつづき、血の香を空へと散布する。きみはきみに襲ったすべての啓示と、神息構造によって組み替わってゆく言葉との接触で、幾多の命を落とした。

時折、天に響くきみの歌聲が、月のように太陽を取り込んでゆく。

高度によって命を絶たんとするものがいる。高度によって命をいかさんとするものがいる。いずれも彼らは高度を求め、高度のなかへ身を解き放つ。そのとき投棄の背景をなす蒼穹や騒乱に拡充し、命の悲翔をつつむものの様相が刹那、逆光に現われ、見える。膨れるにしろ、失せてゆくにしろ、命の放つ光は、逆光を殺害する。見える。見える、見えない。見える。光の眩しさは、膨大な数の名を瞬時に刻む。そのなかに、きみの名はある。それの名はある。痛みや悦楽をつらぬき、喜びや憎しみ、愛や悲しみの情動は非時ノ極まで凝縮し、膿んだ蒼穹が血に拡充する様相に似て慈悲のない領域侵犯となる。

「おまえの喪失のすべてが、わたしの飛翔の風にかわってゆく」のだとそれはわたしに告げ、季節の境を震わせる。わたしは、喪失そのものをすこしずつ廃棄していることを秘匿したまま「今、上空にあるものは、月なのか」ときみが打ちあげた悲しみをゆびさし、わたしが経験することの可能な限りの喪失をくれてやる。おれの汚い苦しみに悲しみを巻きつけ、流れない血をくれてやる。月のかたちのままの愛をくれてやる。きみは何も奪われないことを知っている。わたしはすべて奪われることを知っている。血に転生する因果律の臨界は、すぐそこまで来ていることを、わたしは手遅れになるまで黙っている。「月だ、月だ、…、月だ」と、今年の冬は雪がふぶくのだろう。その時、それはわたしに名を告げるのだろうか。聲は重く、今日もわたしたちが日々を過ごしている街に落ちてゆく。その時、わたしは、飛翔か、落下かの選択を高度に迫られるだろう。それは、きみの神息構造を、開戦のための囮にしようと、太陽を幾度も打ちあげている。

VI

契約ノ輪の下、此処に命を吊り下げろと聲がする。蒼穹ならばより深く、冬の空ならばより深く、…、深度は高度へ変換され、きみは獨りのものとして、戦闘を余儀なくされる。いくつかの臓器を失い、きみの瞳、手、ゆび、理性を戦闘のための器官に換えられたのち、それが契約だった、残された自己を嫌悪する。わたしたちの聖戦はついに、あまたの穢れを純化しなかった。ふたりの連理は、高度に変換される以前の深度に圧迫されつづけた。深度に適応しなかったふたりの連理の捥げた翼、…、再び翼をさずかるよう、きみは二度目の契約をもとめる。残されたゆび、残された悲しみ、残された記憶、残されたふたりの暮らし。

賛美歌が、きこえはじめた。

高度における息苦しい日々の廃棄によって、地に降り立つ代行者は、天にかわり契約を遂行した。

「あなたは、…、誓いますか、…」「誓います」「あなたは、…、に、…、誓いますか」「誓います」二〇一〇年の秋、東京、表参道の教会で契りを交わした二人に降りそそいだ賛美歌は〈解体ノ海〉を渡った。イタリアの神父は、日本の歌に導かれ、東京で歌を封印されている。東京で、故郷のイタリアを、廃棄している。故郷のイタリアで聴いた日本の歌の意味を知るために神父は故郷の言語を忘れてゆく。神父は〈解体ノ海〉を漂っている。「見間違えるはずはない、あれは、彼だった、彼が、祈っていた」新宿の地下街で、わたしはそう知らされた。埼玉ではじまった彼らふたりの日々は、壊れた東京の空の影響を、まぬがれてはいない。わたしは、地下でさえ壊れた空の匂うことに、苛立ちを隠せないでいた。「見間違えるはずなどない、…」彼は幾度も呟いていた。わたしの苛立ちをぬぐうことはなかった。埼玉でつづいているふたりの暮らしは、神父の祈りが届かない東京の空の軋みの影響をまぬがれてはいない。今年のはじめにわたしに届いた一通の葉書には、ふたり並んだイマージュと、生後への謝辞、そして現状をつづった歌があった。

雪辱にマミレシ賛美歌、美しき旋律を焼きにゆく仏に似た人ノ群
雪辱にマミレシ賛美歌、美しき旋律を焼きにゆく仏に似た人ノ群

「今、ぼくたちには、すべてが傾いておもえます、…、ぼくたちは確かに幸せです、ぼくたちは未だ祝福の持続の中にいるはずです、…、それでも、ぼくたちには、すべてが傾いてゆくのがわかります、…、これは、以前あなたの言っていた解体と一致しますか、…、ぼくには、

そうおもえてならないのです。これは、解体の兆候なのでしょうか」この手紙を受け取り、わたしは彼らの暮らす埼玉に足をはこび、彼らと半日を過ごした。それを最後に、わたしはふたりと、連絡を取れないでいる。わたしにはそれ以後も彼らから現状が届いてはいたが、半日を最後に彼らからの聲が途切れておもえたのだった。イタリアの神父の叫びと、囁きが、歌を解体している。

「わたしには、傾きあるものが直立してゆくそのさまがあなたの言う傾きだと感じます」と、ふたりに告げるべきだった。しかしわたしはそうしなかった。何故なら、彼らは祝福のなかにあり、幸せな暮らしのなかにいると疑わなかったからだった。その後、わたしは神父の聖戦を知った。おまえはくだらない歌でもうたっていればいい。一ヵ月後にまた会おう、そうふたりと約束した日、埼玉、粕壁の空は異国の空だった。あいつはくだらない歌さえうたえないでいる。神父は、母国の空の下で、新宿の、東京の歌の意味を知ることになるのだろうか。そしてもしも、神父が歌の意味を知ったとき、彼は彼でいることができるのだろうか。わたしは二ヵ月後に彼らと再会をする約束を破棄すだろう。その破棄のなかで、神父の聴いた歌のうたい手は、此の街に殺されたことを、彼は知ることになるだろう。それは歌の意味を知るよりもずっと以前に起こる事象だ。わたしには幾つか知っていることがある。故郷にも、此処にも、約束の地にも、光がたりないということがそのまま生存の一回性の受理に繋がるということが、歌の意味だ。きみはうたうことなく契約の輪へ上昇する生存を、肯定しなければならない。二十年という月日を経て、ひそかにひらかれる死の告白が、あの街で、この街で、あの国で、あの故郷で、わたしたちが殺して殺して殺される情報を、代行者に伝えているのだ。いつか捥げた翼を、わたしたちはもうわたしたちのものであったとおもいだすこともできない。だからせめて、たかく、たかく、深みを感じることのできない空に吊り下げられたものは、命が命をなくした悲しみであってほしい。

関東の空の過失、故郷の近畿の過去の罪、…、故郷の土が水のようにきみを浸す。

「この街が、わたし、やっぱりすきや、…、はっきりしてるわ、わたし此処をはなれられへんのやなくて、はなれたらいかんのや」そう言ってわたしの手をとったきみのゆびは、わたしのゆびとともに、残されてはいない。きみのその聲も、もう、聖戦のなかで命を奪う兵器だ。残されたゆび、残された悲しみ、残された記憶、残されたふたりの暮らし。きみとわたしに残されたすべては、解体され、その残骸が海に似て、潮騒が響き、わたしたちはひとつの瞳で、海に代行者が沈んでゆくのを見、歌をうたう。腐った命の賛美歌が、この街の崩壊音に掻き消される。

Ⅶ

〈裁キノ鳥〉が、…、わたしたちをわかつことを不可能とする事象の上空を飛翔し、旋回している。かつてより裁かれた者ひとりひとりの名が告げられる。連理、…、わたしたちが不忘にある空と海と汀の同軸上に、鳥たちの空域はひろがる。忘れていたのか、…、わたしたちの日々の揺らめきと、軋みは、海の羽撃きと、空の羽撃きと、裁きの震動の影響下にある。未だ、ある。きみは、海も、空も見ることができなかった夜の、海と空の鳴りを覚えているか。あれは、海の羽撃きと、空の羽撃きと、〈裁キノ鳥〉の羽撃きだった。そして、空域はひろがった。天がふるえて、海がふるえて、罪の轟音が、〈裁キノ鳥〉の啼きだった。あの日々の海も、あの日々の空も、あの日々の悲しみも永遠で、わたしたちは海や空や悲しみを残し、永遠だけを棄て去るために、〈裁キノ鳥〉の命を、以後の基軸と定めた。わたしたちは、裁きが既にはじまっていることを、わたしたちの日々から消えない轟音のために認識しつづけていた。基軸は、翼をひろげわたしたちの暮らしを回復する光を吐き散らしているから、此処には時折、光らない光が満ちるのだときみは囁く。飛翔の旋風のなかで、夏と冬が、ひとつの季節となり、わたしたちをやさしくつつむ。そのやさしさに、わたしたちは泣いた。飛翔を見あげ、行為なき行為のなか、わたしたちは喪失の重みと今此の重みを同律に生きてゆく。祈りと非祈の狭間で詩を信じ、…、時の廃棄の刻印の内側でふるえながら、空を幾度も破いたことを覚えている。赦されていない、赦されてはいないよ、…、きみの光、きみときみの光、光らない光のきみ、光ときみの光、無数のきみの光を浴びて、わたしは生まれかわる。

中空に群化されゆく祈救言語を砕く飛翔音素、水平線に浮かぶ瓦礫音ノ疾響
中空に群化されゆく祈救言語を砕く飛翔音素、水平線に浮かぶ瓦礫音ノ疾響

　　汲尽くす、…、昇るもの、降るもの
　希羅、…、基螺、…、麒裸、煌めきながら、ひろがる双の翼
　よろこびをうけとるならば、悲しみを手ばなしてはならない
　悲しみを手ばなさないならば、よろこびを忘れてはならない

鳥が、うたっている。裁かれたものの名は、言葉の悲しみを蠢いている。光はその悲しみのなかにある。〈裁キノ鳥〉の吐き散らす光は此

処に照射するものでも、此処に照射されるものでもなく、それみずからが光源になることにより、言語との親和を果たしている。さしずめ、きみは、餌だ。さしずめ、わたしは贄だ。ついばまれて、ついばまれて、わたしたちは、やさしくなれる。〈裁キノ鳥〉の翼、それはひとつの個体のなかにある別種の器官である。双の翼は、他の生存として連理のなかにある。翼は飛翔の主体から独立した器官であるが、他の器官との神経の交通を保持している。神経交通の連結は常に言語によっておこなわれるが、飛翔高度の伝達は感情によっておこなわれる。光のぬめりを潜在する器官は、いくつかの死を経験した後、翼となり、双の翼の連結部に事後的に飛翔の主体は分泌される。それが、光の外側で形態を維持することによりようやく飛翔が開始され、飛翔の空域の境界で、瞳をもったときようやく旋回を可能にし、裁きを開始する。ひとつの飛翔、旋回を可能にする双の翼は、それぞれの役割のなかでひとつの意志を持ちはじめる。裁定者の意志が飛翔の主体の意志とくい違うのはこのためだ。裁定者の意志は主体ではなく追想する理性としてあり、常に泪で濡れている。裁きは、特定の誰をも責めることなく遂行される。〈裁キノ鳥〉は、みずからの手をくだすことなく多くの変容を完成させる。変容には死が伴う。わたしは何度死んだのだろう。翼の片翼は、あらゆる一回性の生存を認識し、捥げはじめている鳥もある。わたしは何度生きたのだろうか。きみを愛するという選択以外わたしには残されていない事実を今、手ばなそうとおもう。わたしはきみの背中が疼いていることを感じ、きみに幾つかの意志と理性が流れ込んでゆくのを見ている。

Ⅷ

海の匂いを発する空がわたしの目にはうつるが、それがわたしの上方にあるのか、下方にあるのかを知覚できないのです。わたしは、重力の定点を失っているのだろう。幾何の瞳が連続する壁面は、わたしに監視の視神経を分泌する。わたしは重力の定点を定めるために、わたしを監視する瞳を一時的に容認しなければならない。たとえそれが、永続的に容認しなければならないとしても、…、以前わたしに反響した美しく不快な聲をおもいだしている。あの聲は、あたたかな雪に似ていたね。

重力封印とともにはじまりし啓示珠膨張、汎意識の求められる悲境、完全侵光まで幾重にひらきつづける瞳

重力封印とともにはじまりし啓示珠膨張、汎意識に求められる悲境、完全侵光まで幾重にひらきつづける瞳

「任意に選ばれたひとつの個体、もしくは任意に選ばれた複数の個体がわたしを黙殺しているあいだ、おまえは行為の光景から流出する魂を記憶しなければならない。そして、記憶された魂の形態および聲を再現しなければならない。再現は、微細な差異をも赦しはしない。完全な再現、そのためにおまえは、完全なる記憶をもとめられる。これは、あなたの使命なのだ、…」それが此処へつれられ、はじめてきいた言葉であり、最後の言葉だった。わたしは次の言葉をまちつづけながら、目にすることのできない光景から無数に流出する魂の存在様式を何一つわすれることがないようにと、ひらいた目を、なおひらく。瞼は軋む。それは聲に対し忠実であるためではない。忠誠を表明したわけでもない。それはただ、護るべきものを護らねばならないという想い以外にはなかった。彼が目をひらけばひらくぶんだけ、幾何の瞳は、監視の瞳を生成し、生命が孵化するように目をひらき、彼を、見た。見ることは見られることであり、記憶することは記憶されることである。魂は、その関係性の媒体ともなる。わたしの瞳と監視の瞳の同調は、因果関係ではなく一種の擬態だ。魂は絶え間なく流出する。どの個体がもしくはどの複数の個体が選別されているのかをわたしは認識することはできない。流出する魂の情報過多がそれを赦しはしなかった。無心で記憶すること、それが使命であり、それが此処での法であり、それが此処での因果だった。それに従う以外に余地はないのか、…、どれほどの時間、こうして監視され、記憶しつづけねばならないかという問いのこたえは予測できた。終わりの予兆は、常に此処を支配していた。再現言語は、擬似生命の匂いがする。足元にひろがって感じる窓の外では、此処では流れることのない穏やかな月日が流れているのだろう。そしてそれは、わたしが以前、護ることのできなかったものだ。幾何の瞳は、彼を見、見るこ

とによって彼の自制心を引き裂こうとする。無数に膨れあがった瞳の囁きが重くのしかかる。彼はその圧なくしては自己の存在を感じることができなくなっている。見られることを耐えることはできるが、ひらいたままの幾何の瞳に見られないことを耐えることはできない。わたしの、存在の磁場の地中から伐採された木立のそよぎが響くのです。そよぎは無数の幾何の瞳に反射し、空を喰い破り、またわたしの地中から転生します。わたしの手は、ふるえています。わたしの手には、護らねばならない死者があり、護らねばならない命、護らねばならない他者があります。握り潰さねばならないものが何かをわたしの手はおしえてはくれません。握り潰さねばならぬものを握り潰したとき、同時に壊される何かを、手は、知っている。既知の罪、…、わたしは、わたしが手にしている尽くのために此処にいるのですが、そのために守護を放棄したり、手の内にあるものを憎んだりはしません。隔離は、わたしの自制でもあります。大切なものの数をかぞえるように、彼は記憶する。膨れあがる瞳と魂の記憶に比例して、手の内にあるものの重みが減少してゆくように感じる。大きな錯誤が記憶に紛れ込んでいると、わたしは、手の内にあるものか、わたしの守護の念を支える理性かどちらかの破棄を選択することを迫られている。おれの人称ははなから狂っている。おまえの人称は人格よりも狂っている。彼の人称は彼と共に狂ってゆく。穏やかな月日に見える窓がふるえている。そこには人の聲だけが漂い、その他のすべては壊れてしまったのだと、わたしは秘匿された選択のなかで此処の外側で何が起きているのかを理解しはじめる。瞳は、またひとつ増えている。

IX

刹空が瞳に毀れ、天域への関与に悲しみ、光軸を握り潰す都市に群生する手花、光の香

天から降る手、地からのばす手、双の繋がり
継がれることにより、死ねない命の聲、…、想え、想え、想え
此処が彼方と重なる刻には、果てしのないやさしみの輪が、天地にわななく

新宿上空は、〈以前〉に崩壊した。すでに、空墟だ。壊れた空は、東京全域を覆っている。壊れた空は、絶えない予兆を撒き散らし、因果律の蠢きを潜在させる。生存の理由に晒された人々がそれを浴び、まとった光を仮想の摂理に捧げている。空を見あげるな。空を見おろすな。見上げるたびに、届かない〈以後〉ばかりが生成されるから、…、叶わない飛翔ばかりが羽撃いてふるえるから、…、八百万のきみの熖れを空に撒け。空域を、光が息衝く。聲がきこえるか。きこえる聲があるか。そう烈しく囁きながら、言葉の泪を流している。きみの瞳に、届かぬ聲と、渦巻く聲が、溜まって染みてゆく。

原初を砕くための死と、終末を砕くための生を、遙かな真空から引きずりおろせ。散布された予兆は、空と同等にひろがる都市の母体の内側で、母の死を願っている。壊れた空に、季節はうつろうのか、うつろう季節は、空に時を砕くのか。関東地域では九年振りの猛暑だった。二〇一〇年の秋、…、千切れた夏は未だに去らない。去らない夏に、去らない共同体が形成された。去らない夏のなかで、わたしは三通の手紙を書いた。返書として届いた手紙は、古代の遙を、わたしに知らせていた。古代共同体の鳥が、二度の転生を経て現在へ啼きしきった、…、わたしはその一ヶ月か、二ヶ月の追想を、回復の願いに託した。鳥は今、わたしの耳のなかに巣をはっている。冬の国の鳥、冬の国の聲だった。手紙が空に張り付いて、言葉が零レ落ちる東京は、壊れた空には届かない。破れた太陽には届かない。壊れたきみには、届くだろうか。わたしに届けられた言葉を、わたしはわたしの生存に届けたい。

「ひょっとしたらあなたは、樺太アイヌの聲に同調することによって、都会の中に響き渡るノイズの中に、はるか彼方から到来しつつある音のあることに気付きはじめているのではないでしょうか。現在は歴史的現在、歴史の積み重ねの果てにある今。いまここにあるものとしての、はじまり」

天堕、…、カミキリシモノノカタチナキ交尾
刹空が瞳に毀れ、天域への関与に悲しみ、光軸を握り潰す都市に群生する手花、光の香

「原初ならざるはじまり」を、「命の根源的な運動の光」をわたしは死に近づいた心臓に刻まれた。刻まれた鼓動の聲に空が軋む。古代共同体の鳥の冬が、夏の空を裂く。上空は幾度も破裂したんだよ。東京全域に、無数の鳥が、上空を埋め尽くす。鎮魂の飛翔、…、飛翔の鎮魂、空を蠢く鳥の、蠢く影が新宿の影と重なり、きみは影の揺らぎを耐えている。わたしは、震動に倒れこむきみを見ていたくはない。きみがわたしの鼓動を引き裂き、その揺らぎからつかみとった心因性の勇気を壊れた空に捧げるならば、わたしたちは双の命の消滅と生成を目にすることになるだろう。地上の人々は、まとった光を脱ぎ、壊れた空に還るよう光を指示するだろう。地上から指示される空の彼方では、無限延の原初と、無限延の終末が、交差して消える。きみは空に手をかざさずに、ただ新生の光を浴びつづけ、尽くがまにあわなくなる刹那の直前に、追想を行為する。今、空がふるえているのは、月の震動が、潜在の生存にも届いているからだ。

X

わたしたちは、血の何を受け継ぎ、血の何を断絶しているのか。母と父と、父と母と、わたしたちは何を母体とし、増殖しているのか。無何有郷から雪が散る、…、雪は追憶の原子だった。追想の白血だ。ある閾値においての高度もしくは標高から血を見れば、それは透明になるまで流れつづける川だが、川の流れるさらに下層から仰ぐそれは既に透明な永遠の破片だった。故郷と揺らぎと幾何と膨張とは、今、此処で降る雪によって繋がり、ひとつとして存在する次元が見える。そこでは互いが互いの含有として存在する。子午線を翔けるきみは、自己差異化を繰り返しながら、子午線に取り込まれてゆく、きみは翔けることによって先祖を呼び、先祖に取り込まれてゆく。翔けたままで。届かないままで。翔けたままで。届かないままで。はたしてそうなのか。呼びつづける聲は子午線の存続源となる。個々の多者の一括共存、此処を去るのだと、きみを見あげるわたしは、雪片曲線に分解されていた。

故郷はどこか、故郷は此処か、と囁きながら、わたしは故郷を憎む。わたしは此処を憎む。
わたしは死にまみれた大阪の空を、故郷としたい。
わたしは遙かな大阪の空の流れを、故郷としたい。

地上の何処からも、きみが無限の遙かな子午線を翔けているのが見える。無限の光の内側で、きみの疾走は非速度だ。それは赫い、点だ。血そのものだ。肉そのものだ。命そのものだ。わたしはきみという血の滴りを愛している。わたしはきみという川の流れを愛している。わたしはきみがきみであるための非速度の疾走を、故郷と揺らぎと幾何と膨張の存在光景に視界を収斂してゆく。わたしがあなたの疾駆を、正確に記録する。正確であることを血はもとめているから何かを正確に語ろうとするとき、主体は透明になりみずからが主体性を持つのではなく、正確に語ろうとする対象ないし客体との近似となる。わたしはわたしの主体を放棄するでもなく透明化する。子午線を微分する。それはわたしが川の流れの一部、もしくは全体に近似することであり、血に近似することであり、きみの自己差異化を繰りかえす子午線に近似することである。きみが死んでゆく形態の変容をきみの聲で語らなければならない。しかし、わたしはきみとの距離を保持しつづける。

輪廻に従わぬ唇魂、今一度、此の地に読みあげられし被歌呪文言、皆白き存在となる

輪廻に従わぬ唇魂、今一度、此の地に読みあげられし被歌呪文言、皆白き存在となる

きみの自己差異化が子午線の内部の実状である限り、わたしはあなたを語るものであり、あなたでは決してありえないからだ。極限の近似は、極限の微細な隙を無限の距離とする。わたしは、きみを見あげつづける。川の血よりも深い下層から、先祖の系図を通過させ、血よりもたかい上方に疾駆し消滅するきみを記術しなければならない。そしてきみが翔けるなか、子午線に取り込まれはじめてから、取り込まれ終えるまでのきみの翔けた距離が、わたしの記述可能範囲であり、故郷と揺らぎと幾何と膨張とが血のひろがる領域だ。きみは、死んだのではなく、子午線のなかにあるのだから悲しみはわたしに宿らないはずだった。しかし事実は違った。父と、母と、故郷と揺らぎと幾何と膨張との流れる川のなかで、わたしは、きみの永遠を放棄したい。悲しいよ、わかるかい。わたしは深い悲しみをさがしはじめた。わたしの喪失に見合うだけの悲しみをさがしはじめる。それはわたしが残した記述のなかに、正確に残されているはずだ。そこに、きみはきみとしてあり蘇生するはずだ。蘇生が、この地への再臨ではなく、一回限りの生存であり、代置のきかない生存であることの、回復の別名だ。雪が血の川に落ち、わたしたちに溶けるとき、雪は追憶の輪廻だった。

白き、白き、白き海水、…、白き蘇生、白き樹皮、白き招魂、川に流れし濁りの歌
輪廻に従わぬ唇魂、今一度、此の地に読みあげられし被歌呪文言、皆白き存在となる
白き、白き、白き海水、…、白き蘇生、白き樹皮、白き招魂、川に流れし濁りの歌

XI

破棄された外典および容認か否認かを教義によってわかつ二次的な経典に記された言葉を、きみは、きみの内部の廃墟に見出した。それは、廃墟の不在の椅子の背に、刻まれていた。刻まれた言葉によって、不在者は不在そのものの顕在を未だうたっている。刻まれた言葉の輝からは、死後の月が、無数にあふれ、ひとつひとつの月が、無数の花弁を散布している。だからきみは、不在の花に埋もれている。不在の傍らで、きみは聲を、見る。「死後、見捨てられたのではなく、変容したのだ」破棄された外典の古文書がきみの口をとおして、顕現する。月は、聲に、また花弁を散布する。きみは花に埋もれながら、安堵の地を見定めてはいるが、花がそれを殺している。その時、きみの瞳にうつるものはカノンだった。きみの瞳は、多くの奇蹟を刹那のうちに刻みつけられる。カノンは、きみに潜在の光景を、知らせるだろう。潜在はそれ自身を決して非在や不在とは自己規定しなかった。それは名をもたぬものがそうであるように、それ自身が無形であることを意志している。しかし、それは名をもたぬものとは違った性をもつ。それ自身に固有な実体、自性をもつことはないが、それはただ唯一なるものだと記述されている。だから、きみが埋もれる花弁の幾枚かは生命の破片ではなく古文書の記述の破片だときみは花弁にふれる。花弁はそのままのすがたで潜在をきみに伝達する。きみは花弁を唇にあてながら、潜在の言語を口にする。真ノ空ノ重さが、非在の耐えられない重さで、おまえの甘い舌は潜在の言語にたわんで、零レ落ちてゆく。

救済の可否を託された神々の共喰い、劫濁ノ時代に献ずる羽花なし
救済の可否を託された神々の共喰い、劫濁ノ時代に献ずる羽花なし
エグリダサレシ骨、光に白む神血、喰い、悔い、クイ、歯に残された死光跡、原書
エグリダサレシ骨、光に白む神血、喰い、悔い、クイ、歯に残された死光跡、原書
救済の可否を託された神々の共喰い、劫濁ノ時代に献ずる羽花なし

「カノンの鳥を殺害しろ、…、カノンの海に、アポクリファの月を沈めろ、…、月は、あらゆる以前から存在する時間のない現在である」
カノンはアポクリファを際限なく分泌する。カノンが存在する限り廃墟はひろがりつづけ、記述は膨れつづける。名をもたぬものが命名されることを拒否することによって生成される無数の仮名の残骸が、きみの廃墟を照らす影だ。そして仮名の呼称のすべては、その不可

知性によって聖を刻み込まれているのだと、きみは、きみの唇で、囁く。囁くきみは耐えている。正典、外典、その多数の記述者にきみの主体を奪われないようにようにと、きみのかすかに残った主体は耐えている。きみは、きみの口からあふれ出る言葉のなかに、口にすべき言葉と、口にすべきでない言葉の選別を、絶え間ない理性によって行使する。それが月の嘔吐した花弁に埋もれたきみの主体だ。あらゆる腐敗、あらゆる崩壊、あらゆる変革に耐えうる永遠もしくは現在は、転生や輪廻によって成り立つものではない。それは存在の軋みに刻印された、常に一回のものたちの複数だ。月も、花弁も、きみも、きみの言葉も、常に一回のものたちの複数だ。花やきみ自身の死の様相がそれを錯乱する。錯乱する死は真の死の擬似だ。永遠と現在は生存を刻印されたきみの内部に宿っている。きみはそれを知覚することはできないが、愛することはできる。憎むことは、できる。不在は、愛や憎しみの対象となることにより存在形式をもつ。きみの瞳がそれを定型と認識するとき、無数の月光によって、それらはふたたび、知覚以前の潜在に収斂され、きみはきみの残りの理性の幾分かをからめとられる。きみは不安に陥るが、おそれることはない。絡めとられた理性は、月が嘔吐した花弁がきみにふれることによってふたたびきみに還されるのだから。きみがおそれなければならないのは、その還元がおこなわれるとき、きみが、きみ自身を無形の影が現す不在、潜在の一部ではないかと錯誤することだ。その錯誤はきみを多数にする。そのとき、きみはきみのカノンの言語生傷を見ればいい、それは鳥の形をしているだろう。そうしてきみはきみ自身が不在、潜在の一部ではなく、きみの内部にカノンの不在を含有しているのだということを知る。きみはまがうことなく顕在だ。死後の恩寵が生に放たれ、きみは破棄された外典をカノンとする。「わたしは記述者だ」と外典の不在がカノンに告げる聲がして、またひとつ光が壊れる。

救済の可否を託された神々の共喰い、劫濁ノ時代に献ずる羽花なし
エグリダサレシ骨、光に白む神血、喰い、悔い、クイ、歯に残された死光跡、書記

光郷ヘノ黙示を浴びて、…、光郷ヘノ黙示を破り、…、おとづれる言葉群がいつか、わたしたちが息衝く現在に命を宿すならば——

異群 - 光郷ヘノ黙示

受光、舞光、疾光「輪郭が、光そのものだ。光は、闇が、見る、…、時がたてば、此の光が残るだろう」

「あなたと近い駅に、わたしは住むことになりました、…、此の街にも雪は降りましたか」

「水をわたしに灌ぎ、…、わたしを川に捧げる、…、それがわたしの生存です。次に来るときには此処にはもう、多くの景色は残っていないとおもいます、…、奪われるのです、…、本当に暗い闇のなかでは、目を瞑っているほうが安心するんです、…、あなたには、そのことを知ってほしかった」


わたしのカノンに記されたアポクリファと一致するセンテンスが輪郭の光に燃えて、川原は、焼けた。焼け焦げた草々と、〈言語ノ区域〉と、雪解けの滴る葉と、言語の葉が、川で繋がっていた。名づけられることにより、逃れることのできない存在凝固の内側から、きみは救いをもとめている。きみは、存在凝固の内側で、歌をうたう、わたしはその言葉を、わたしのカノンに記述する。雪に導かれ、雪を見た。雪が川を凝固し、わたしを刺した。凝固をほどかれた光が、わたしの水にとけている。

此処から彼方を繋ぐ川、彼方から此処を塞ぐ川
渡ってきたもの、渡ってゆくものに
そっと手を、手のあたたかさを

記述、消去、交尾を連ね逆流に天射つ川、…、遺制、焚書、裸ノ膚を水光させ悲しみを喰う女ノ繭
記述、消去、交尾を連ね逆流に天射つ川、…、遺制、焚書、裸ノ膚を水光させ悲しみを喰う女ノ繭

飛来、飛去、降臨「何故あなたは、雪のなかで、踊らなかったの」

「この川を、おまえの川にしたらいい」

「わたしは、この街の水と、心中するつもりでいるんです」


光郷ヘノ黙示のために、光郷ヘノ黙示のために

とめ処ない祈りがあなたに届くには、終末に捧げた死を
ふたたび命の渦中に呼ばねばならない
心臓が、日溜りに晒され、以前ノふるえと以後ノ静止の透きから
幾多の手と、八百万のゆびと、膨れつづける瞳を吐き出し
因果律を殺害した
わたしは刹那に遂行された殲滅のまえで
きく者となり、見る者となり、微かなふるえをかかえたまま
加担した殺戮を忘れてしまわぬよう、心在臨界を定めた
その日から、きみはおれのそばにいるんだね
因果を司る者の血飛沫が
わたしたちの営みの輝に流れ込み
日々の内側で揺らめく液体が、わたしたちの蒼空に見え
刻印を浸した手は、血まみれだったが
それは何も今にはじまったことではない
蒼空に染まった手をきみの悲しみに添え、空液が揺らめくのは
臨界が軋んでいるからか、きみがふるえているのかをもう、迷うことはない
今もう一度、径庭に自壊したいふたりを包む光は〈零〉からふくらむ暁日光と交わる
「きみの聲を、…、途切れることなく、きみの聲を、…」

「イキの聲を、…、途切れることなく、イキの聲を、…」

今もう一度、径庭に自壊したいふたりを包む光は〈零〉からふくらむ暁日光と交わる

わたしたちの禊は、聖性の破壊のなかにあり
廃光、…、墟光に照射された未来を、二度とわたしたちの以後とは想わないだろう
刻まれることなくただよい舞う碑が、…、光を新生した
鎮めるな、鎮まるな、鎮めるにはまだはやいだろう
何処から何処までが廃棄で、何処から何処までが川なのか
きみはきみを維持しつづけるための磁場に痙攣し
血か、空かを見わけることのできないわたしの手にふれて
川か、空か見わけることのできない流れのなかで
不随の光を髄液に受光し新生している
「現在と呼ばれる膜を破り、未来ではない光のなかで消失して」
そう囁きながら八王子駅まできみを迎えに出た夜は水だった
わたしの川が天に迫り、きみの川が天に迫り
追憶と碑文を燃やし、鎮まることのない喪失を空の永遠に刻みつけろ
共に生きよう、共にきこう、共に見よう、共に苦しもう、幾度も、幾度も生きよう
言葉は鎖され、空から降る尽くの破片を呼吸の光で地上から還し
わたしたちの生存が命の臨界へと息衝く虚空に、零の光の静寂をひろげる
わたしたちは、…、二度と再生しない

光郷ヘノ黙示を裂く言葉、…、光郷ヘノ黙示を生き、死に、…、それでもわたしたちが息衝く現在に命が宿るならば――

蒼祈

心臓が非祈を穿ち、巡る罪に苛まれた慈悲のはざまを生き継いできた
蒼であることを終えようとする天穹から響く膿んだ轟音にふたりの囁きは掻き消され
濁った希望がうえへ、うえへと失せ昇る
いつ夜があけたのかを気づくことのなかった理由は悲しく、不忘であるべき海の在処を
日々に残された痛苦のなかにさがしてもいた
ひとつ、ふたつ、三つ、…、幾つもの命が、搾取され、撃て、撃つ、撃てと
天に吐き出される擬似生命が中空で赫く色づいてくとき、空の破壊はわたしたちの手に残る罪の記憶だ
「あんた、きこえる、…、わたしの息」
「わたし、きこえる、…、あんたの聲」
「…、わたし、きこえる、…あ、んた」
伝えるべき言葉を言い終えず
途中で絶たれた聲を張り裂けそうな脈のうつ胸に刻めば、耳を傾けるべき悲しみが軋む
この手がかつて潰したものが再臨し、ふたりを襲うだろう
蒼穹は今、地上で流されつづける血の色よりも赫く、…、言葉が流す血は今、いつかの大切だった天穹より蒼い
幾多の天の破砕に違和を覚え、この切なさが届く限りの領域が命で
交尾や憎悪、邂逅や離別、殺害や結婚等
わたしたちのふたり関係が、世界存在へ媒介のない関与を絶対的に拒むため
その空のたかさに、あの日の海はあるのだと、あなたはあなたの絶望を賭け、おしえた
共に生きたいなどと、共に死にたいなどと、共にはぐくみたいなどと

互いに交わした言葉よりも深く希んでいたわけではないが、きこえる息があり、きこえる聲があり
この刹那、このひとときを生き延びたい、ふたりで
この絶海、このひとときの延命が、生涯を濁りのない連理に捧げた証明となるだろう
今、この手は、あなたに繋がれていて
今、この手は、わたしに繋がれていて
てとて、ゆびとゆび、ひとつひとつ、ふたつのて、ゆび、ゆびの骨、骨のゆびとゆび
生きるもの、生きたもの、生きようとするものの重なる手が記す言葉は
尽くの結界、尽くの封印、尽くの境界を破壊し、何も残すことなく消えてゆく
定められた死ならば受けいれることができたというのか、定められた生ならば棄てることができたというのか
地表を裂き、天空へ収斂する幾多の命光を束ねつかむ手は
もう、じきに、きみの命にふれる
「あんた、きこえる、…、わたしの息、…、わたし、きこえる、…、あんたの聲」
「おれは、おまえのすべてをききたい」
光を憎んだ日々は、地上いちめんに咲いた供花を摘んだときに、終わった
枯れることなく散った花が今、途絶えることのない新生ノ蒼穹を嘔吐している
言葉ではふたりをわかつことはない、氾濫する生ではふたりをわかつことはできない、死はふたりをわかつことはない
死とわかたれることなく生きてゆくことしか残されていないから、尽くをわかつことなく生きてゆくことしか残されていないから
ただ残されある命が尽く、今此処に現在する連珠の理由を見極め、絶えざる蒼祈の脈を穿ちつづける

解題

救済なき救済、そしてふたり

岸田将幸

詩の雨が降っている。とうとうやって来た、詩の雨が降っている。ひたすら、詩の雨が降っている。詩の風景は、詩が書かれることによって都度、更新される。しかし圧倒的なヴィジョンの顕れ「月膚に千々ノ草花、むさぼる観音の瞳」(本書一二頁、以下頁のみ)によって、詩の風景にとうとう、革命的な〝光〟が顕れたのである。詩の風景は開け放たれた。

『遙かなる光郷へノ黙示』という、途方もない極限、人の救済をただ独りの人が独りで在るということによって成し遂げようとする意志に、われわれは詩の歴史の芯を見ている。われわれの最期は物としては朽ち散らばる。そのような事後に辿り着くことはとうに解っている。しかし、菊井崇史の身体すなわち生死の臨界で踏みとどまっている足元、その足どりを思うと、やはりそこへ辿り着くまでが大切なのだ、と思わずにはいられない。そう、生き方が、大切なのだという深い確信、いや確実の下に、われわれの空は架かる。ずいぶんと雲が速く流れる。ギラギラと月が鳴っている。詩の風景が整い始めている。

菊井崇史が詩語について「非在の耐えがたく、それでいて喪失を拒絶したい異様な重さは、連続することでかろうじて繋がる現在の直接の重さそのものであり、その重みで軋む言葉がもし、詩語になりうるならば、その重みにおいて、現在ではなく、現在を内側から壊す言葉が軋み、軋みそのものに抗い、聲に文字に刻まれるときにおいてだけだ」（五六頁）と断ずるとき、いささかの身振りもなく、いったい根源的に動いているものは何であるのかと問うていると同時に即答しているのだ。

われわれの存在は近似すればするほど間の距離が垂直性を帯び、隔絶し、深淵を覗き込むこととなる。当然、そこにおいてこそ愛はほとばしり、そのまま我が身を削り得る者だけが現場に残りゆくのが愛というものの風景なのだが（「「あなたは雪とたがえた骨を、わたしは骨とたがえた供花を、瞳のゆびでさすり、…、戒律がにじむ」」（三〇頁））、もはやここでは「人格」よりも「人称」が前景化し、傷つきただれた「あなた」と「わたし」が話し始める。「「もう、救われないと知っている、…、別の光が必要だ」「あなたのことがこわい」」（五二頁）――――。

われわれは関係というものの倫理に立ち会っている。すなわち、「わたしは壊れた言葉をもって、ふたたび喪失と悲しみの相殺を無化していた」（五三頁）菊井崇史の詩語に「あなた」として、「わたし－たち」が対しないのであれば、詩の存在領域の抹殺に「あなた」は加担する。これは脅迫ではなく、事実に過ぎない。

性向として「祈り」に近づかざるを得ない人称間の会話を、プロローグ「非祈」で差し止めることによって、この詩集が始められているのであるから、この作品集の顕れとともにわれわれは〝別の〟〝ちがう〟場所に入って行く時が来ていることを悟らねばならない。「何故なら言葉は、深淵へ届くものであり、深淵から届くものだからだ」における「骨と花ノ結合、海ノ解体、氾濫する命への近似が赦す非在の蠢き、残余の滴り」（二一頁）とのリフレインにあるとおり、主体と客体の「結合」とその包摂されているところのそもそもの「解体」、そしてその解体によって「蠢き」生存を保とうとするわれわれが「氾濫」の者であることの自覚を深めてゆくとき、そうではない〝在り様〟がいま在ることへの贖罪としてその領域を拡げているのだから。ただ「あらゆるものは復元しない、／あらゆるものは輪廻しない、／あらゆるものは再生しない、」（二六頁―

二七頁）のだから、われわれにとっての問題は、非在ではないわれわれはなぜ非在ではないのか、という問いに尽きるだろう。われわれはなぜ在るのか。

＊

菊井崇史は多数なる存在から「きみ」を救い出す。「封殺の連珠、その終末の棄神／封殺の連珠、その終末の棄信」（六三頁）にあって、「光に絶対転化しないものを信じた朝は明るい／光の光／光の光／光の光／その眩しさに痙攣するきみを、愛していた」（同頁）、すなわち「きみ」がほんとうに見ているものを認めている。この視力がどういった位相に恢復をもたらすものか、どのような場所に在る者への承認か、われわれは完璧に理解しなければならない。

作品集の表題でもある同題の十一連作品は、その〝救済なき救済〟を「慈悲」として歌う。慈悲の瞬間、退路は断たれている。それは純粋な同情以外ではなく、単純な意味での生の維持における破戒を経ているものだからだ。

「わたしたちは誓うための愛を失い、祈る心を今此の繋がりに見定め、つかみ、棄てつづけた慈悲を、たった一度の喪失にかたどった」（六七頁、以下同）。ここに在るのは剝き出しの生命の姿だ。捨てられた剝き出しの生命は輪廻を断ち切り、生命の原理そのものとして「〈真ノ時〉」へ泳いでゆこうとする。「わたし」は「あなたの冷たい手を抱きしめ、あなたはわたしのやわらかな骨を抱きしめた」。「わたし」の骨、いいかえれば「わたし」の生命は今にも変身（人の身になる）しようとしている。見えるものがある。「水に宿る光は、悲しみでしか繋がることのできなかったわたしたちが信じたひとつの掟だった」。この光と掟の関係は、逆転されてこそ結ばれるものである。つまり掟としての「わたしたち」であるからこそ、光は水に宿るのである。ここは丁寧に捉えておきたい。なぜなら、この関係が、奇跡としての光だからだ。

そうして「雪に、廃棄された距離が復古する。（……）失われたものとは何か、未だ残るものとは何かを、きみは定められずにいるが、失われたものと未だ残るものの共存の臨界が、またきみに雪を呼んでいるのだろう」（七一頁）。性を失い、生命はその臨界を賭し始める。これは人の間に物語が失われた局面における、到来する物語の展開である。だから必然として「雪の苦しい冷たさにふれ、汎夏に群生する異空の命光は蠢き裂く」（同頁）。

　この蠢きは静かに、しかし確実に存在形式を引き裂き、われわれは掟としての関係へと帰郷を促される。再度引き返すことがないよう、〝ちがう〟空が人を覆う。この時、人の心は剝き出しのままに何を担っているのか。この生命は手ぶらではない。唯物的な動力ではない、原始生命では決してない。剝き出しの生命は悲しみ苦しみ、だからこそ賭そうとしている。「愛と憎しみから別に暮らすことを告げたきみは、今となっては取り返しのつかないものは何なのかをできる限り記述していかねばならない」（七二頁）のだから、生命は記述することによって取り返しのつかない何かに取り返しをつかせようとしている。雪が降る。結晶した水が降る。「雪は結界をほどく使者だ。それがある一定の期間、異界を呼び覚まし、〈言語ノ区域〉の制御不能性を鎮める（……）」（七三頁）。

　生まれたからこそ、氷ってしまったものがある。氷ったからこそ、制御される言葉がある。制御が軋み、巡る季節が言葉となる。われわれの生命は、こごえたまま火傷している。だから罪としての生は、その取り返しとして、近しい者に熱を分けようとする。火という現象に終わりはないだろう。一方、火を燃しているところのものはいつか燃え尽きる。これは衰弱ではない。燃焼の意志だ。われわれは生命を燃している。「祈りの中で〈生－死〉を想えと、わたしは幾度も、烈しく、呟く」（七五頁）人称は意志する太陽だ。対象を持つ太陽だ。ただ燃えて輝いているのではない太陽だ。人が見上げるだけの対象ではない、人と向かい合う位置に降りて来る太陽だ。西陽が正午に沈もうとしている。

　「生存の一回性の受理に繋がるということが、歌の意味」（七九頁）ならば、われわれの歌は悲歌でも賛歌でも、ましてや悲鳴でもなく、ただ正確に伝えるための歌だろう。われわれは、一回きりの深淵を埋めようとする歌を歌うだろう。この深淵が隔てている近しい「あなた」の生命に、われわれは触れることは出来ない。だから歌うほかないのである。

生存を担う者の心が込められる。「「原初ならざるはじまり」を、「命の根源的な運動の光」をわたしは死に近づいた心臓に刻まれた。刻まれた鼓動の聲に空が軋む」(八五頁)。生命は生命を刻む。生命はその生であるところの命をそのものとするために、生命を私有する。鼓動が空を軋ませる。生命の空が軋んでいる。内面の記述が破裂している。内面の記述が世界の天蓋を引きずり降ろそうとしている。

「蘇生が、この地への再臨ではなく、一回限りの生存であり、代置のきかない生存であることの、回復の別名」(八七頁)である風景がある。連作の最終「XI」は、存在は顕われているところのもの以外ではないことを示し同時に、人が、近似する「花」に埋もれ消えてしまう「還元」や、対位法によって進行するカノンのうちにあって、「不在」や「潜在」に存在の実体を見てしまう平凡な過ちを討っている。存在としての歌が響くこの風景においては、詩形式以外では決して明らかにされることのない、何かインティミットさそのものとでもいうべき〝別の〟思考脈が「あなた」へと手を伸ばしている。

「刻まれた言葉の輝からは、死後の月が、無数にあふれ、ひとつひとつの月が、無数の花弁を散布している。(……)きみは花に埋もれながら、安堵の地を見定めてはいるが、花がそれを殺している」(八八頁)のだから、花は咲けばよいものではない。花に囲まれればよいのでもない。名を持たぬ花の群は、名を持つ花である「わたし」を枯らすだろう。「きみ」の見ている花はほんとうの花ではない。「きみ」がそのほんとうでない花に囲まれてあるならば、「きみ」は不在のうちに自らを喪失するだろう。そう告げようとしている。

詩語が身の置き場を探している。死後でない「安堵の地」を見つけようとしている。「きみは、きみの口からあふれ出る言葉のなかに、口にすべき言葉と、口にすべきでない言葉の選別を、絶え間ない理性によって行使する。それが月の嘔吐した花弁に埋もれたきみの主体だ」(八九頁、以下同）から、そこで耐えている現在こそは「存在の軋みに刻印された、常に一回のものたちの複数」である。

菊井崇史はこの確認をもって、カノン形式に生存の救済の場を認めようとするのだが、実は詩語がその決着を拒んでいる。なぜなら、「きみはまがうことなく顕在」であるならば、潜在するものが予め顕在するという戒律的潜在としてのカノンは、決定的に顕在＝破調するものを許さないのだから、その顕在はカノンがカノンでなくなった時に初めて、顕在するということ、そのことを詩語は知っているからだ。それでは顕在の契機となる詩語とはどういうものか。

＊

「「あんた、きこえる、…、わたしの息、…、わたし、きこえる、…、あんたの聲」／「おれは、おまえのすべてをききたい」」（九七頁）――――。

作品集エピローグ「蒼祈」において、仮名に開かれた会話に残る「息」と「聲」が「ふたり」にだけ聴こえている。「わたしたちのふたり関係が、世界存在へ媒介のない関与を絶対的に拒む」（九六頁）のならば、「ふたり」は確かに二人で存在している。だから、われわれはとうとう詩語、すなわち愛を告げるのか「おれは、おまえのすべてをききたい」と。

そうして「ふたり」には、「死とわかたれることなく生きてゆくことしか残されていない」（九七頁）。そう、二人でさえあればこわくない。おれとおまえは、ふたりだけで破調する暴走族だ。

付記

本書は二〇一二年に著者自身の印刷・製本により制作した詩集『遙かなる光郷ヘノ黙示』の復刊である。岸田将幸氏による解題は、著者による写真と詩の個展『断絶をうつし見る邂逅の瞳』(二〇一二年五月二十二日〜六月二日 Gallery Maki) のカタログから再録をお願いした。復刊に際し装幀をあらため、舞踏家・山田有浩氏を著者が撮影したものをカバー写真とした。うち拉がれる心身のままに立ちあがりたいと書いた本詩集が、今再び、立ちあがる機をいただいたことに感謝します。

著者

遙《はる》かなる光郷《こうきょう》ヘノ黙示《もくし》
発行日＝二〇一八年八月一〇日
著者＝菊井崇史　装幀・写真＝著者　発行者＝春日洋一郎
発行所＝書肆 子午線　〒三六〇－〇八一五 埼玉県熊谷市本石二－一九七（本社）
〒一六二－〇〇五五 東京都新宿区余丁町八－二七－四〇四（編集室）
電話 〇四八－五七七－三一二八　FAX 〇三－六六八四－四〇四〇
メール info@shoshi-shigosen.co.jp
印刷・製本＝渋谷文泉閣

ISBN978－4－908568－16－9　C0092